「妳放心。
一定不會有問題的。」
「咦……？」
借給朋友500圓，
他竟然拿妹妹來抵債，
我到底該如何是好
5

（我記得這裡是……）

疑惑很快就變成確信。
這裡是知名的夜間景點，
每年的這個時期甚至會有觀光客來參觀。
吊掛在路樹上的眾多燈泡無比耀眼，
甚至有種還是白天的錯覺。
雖然這種說法很俗套，
但這裡給人一種彷彿銀河就在眼前的感覺。

真希望這種幸福的時光
可以永遠持續下去。
不只是今天，
希望這種時光
永遠不要結束。
所以——
「那我要拍了喔！」

借給朋友500圓，他竟然拿妹妹來抵債，我到底該如何是好

5

としぞう

插畫 雪子

Kadokawa Fantastic Novels

I lent 500 yen to a friend,
his sister came to my house
instead of borrowing,
what should I do?

插畫　雪子

CONTENTS

第1話 關於我感受到冬天到來這件事

夏天結束了，為時不長，不確定是否來過的秋天也結束之後，冬天便已到來。

我走出大學的圖書館，從嘴裡吐出淡淡的白色氣息。

現在才晚上六點，外面的天色就完全暗了下來，讓我不知為何感到全身無力。

不知道是因為陽光曬得不夠多，還是因為穿不慣剛買的沉重厚大衣。

總之，我還不太適應這個沉重的冬天。

這是成為大學生，開始獨居生活後的第一個冬天，但完全沒想到日子會過得這麼忙碌。

首先是學業方面，因為我得在明年初參加必修科目的考試，而且還有期末報告要交，如果不趁現在開始準備，就不可能及時完成。而且到時候絕對會做得很累。

此外，我在下學期開始之前決定要更努力打工。

——什麼？你還要去其他地方兼差？如果有那麼多時間，我寧願你在這邊排更多班！爸，你說對不對！

因為結愛姊說了這句話，我在「結」排了比以前更多的班。

這好像是因為她認為咖啡廳有機會在冬天晚上開拓更多客源，才會決定今年試著把營業時間拉長到晚餐時間。

多虧如此我在上課到很晚的日子也能繼續打工，在經濟方面得到不少幫助。

……可是，也因此很難找時間讓自己喘口氣。

基本上完全沒有空閒時間。就算回到家裡，也只是洗澡睡覺，空閒時間都拿去念書了。

不過比起去年那種每天都在念書的考生生活，現在這樣還是比較多彩多姿。

（說到考試……）

腦海中浮現那女孩忙著準備考試的身影。

宮前朱莉。

她是我朋友宮前昴的妹妹，也是我從今年夏天開始交往的女朋友。

我們在今年八月底才開始交往，九月底是最後一次見面，整個交往期間幾乎都是在談遠距離戀愛。

但是……因為讓我們開始交往的暑假生活太令人難忘，應該說我至今依然不習慣沒有她在身邊的日子……總覺得有些寂寞。

「明明已經發誓要等她了……」

小朱莉是個非常優秀的女孩子，雖然她正忙著準備考試，處境也與去年的我完全不同。

只要沒發生什麼重大的意外，她應該可以輕易通過入學考試，在明年四月進到這間政央學院大學就讀。

因此，這種遠距離戀愛也只需要忍耐幾個月就會過去。

明明只需要忍耐一段時間，我卻還是感到寂寞。

從十月到四月也就只有半年。可是，因為到十二月底才算是過了一半，所以現在連一半都還沒過完。

我在不久前還是個從未交過女朋友，也不急著交女朋友的傢伙……現在卻抱持這種心情，要是讓放暑假之前的我知道這件事，肯定不會相信吧。

只要一有時間，我就會想到小朱莉。

可是，要是出於私心與她聯絡，說不定會害她無法專心念書。即便我相信她絕對會考上，但如果她在無法重來的考試中出了差錯，還是會落榜。

所以我不能主動撒嬌。

「……好，趕快回家準備晚餐，然後讀書準備考試！啊，不過還得先去一趟超市呢。」

我一邊這麼告訴自己，一邊快步離開大學。

假如要趕走鬱悶的心情，最好的做法就是專心去做某件事。

在小朱莉來我家之前，我幾乎不曾自己下廚，但最近也開始經常親自做飯了。即便依然覺得清洗餐具很麻煩，做習慣之後也開始感受到洗淨髒汙的爽快，從中找到些許樂趣。

當然了，不管是廚藝還是做其他家事的本領，我都完全比不上小朱莉，還只算是個菜鳥。

不過，與她共度的日子確實有對我造成影響，讓我的日常生活變得更精彩。

就算變化沒有很大，我也還是很開心，但心裡依然會感到寂寞……可惡，果然還是覺得很煩！

事情就是這樣，我這個有女朋友的資歷只有三個多月，遠距離戀愛的資歷卻有兩個多月的傢伙，即使心中的情感一直折磨自己，也還是勉強過著日子。

再說一次，今天是十二月三號，年底就快要到了。在那之前，「聖誕節」將會先一步到來。

我還是頭一次在有女朋友的情況下迎接這個特別的日子，卻不曉得該如何度過那一天……

儘管覺得很遺憾，我心中目前還沒有答案。

◇◇◇

「唉……」

「喂！」

我的後腦勺發出一聲輕快的聲響。

因為結愛姊發現我嘆氣，往我頭上打了一巴掌。

「真是的，你那鬱悶的嘆氣今天到底第幾次了啊？」

「嗚……對不起。」

「工作的時候要有自覺。算了，反正現在沒客人，我這次就不跟你計較了。」

如此說道的結愛姊把拖把硬塞到我手上，接著找了張椅子坐下。

「不過還是要懲罰你這個不專心的傢伙，剩下的清潔工作就麻煩了～♪」

「……我明白了。」

我沒有回嘴，乖乖地開始拖地。

現在是晚上九點。晚餐時間已經結束，客人也早就都離開了，現在是店裡的打掃時間。

我最近幾乎每天都打工到這個時候。

因為工時變長，薪水當然也跟著變多，而且還有其他福利——

「動作快，要是不快點做完，可就沒時間吃員工餐了喔。」

「唔！我、我會認真打掃啦！」

「哎呀，你的臉色都變了呢。就這麼想吃大姊姊做的晚餐嗎～？」

結愛姊露出奸笑，故意說出這種話捉弄我，但她確實說中了。

結愛姊做的員工餐。我以前只有在假日來上班，或是從上午做到下午的時候，她才會做給我吃，而且她每次研究新料理的時候，也會讓我試吃還沒完成的新料理。

可是我最近總是工作到晚上，下班後都能吃到員工餐……這點非常感動。

畢竟結愛姊超級會做菜！廚藝一流！滋味也是一流！

如果仔細品嘗她做的料理，就會發現她跟小朱莉做的料理不太一樣。

小朱莉的料理充滿家庭的溫暖，而結愛姊的料理有一種餐廳料理的高級感。

雖然我這位堂姊本來就是個天才，聽說她隨便抽空準備就考到了廚師執照，實際本領也不會輸給職業廚師，但身邊有個這麼厲害的人，還是有些感動。

「想不到你會這麼期待，那我也要做個好姊姊，今天就來幫你做一份比較豪華的員工餐吧。」

「不用了，普通的就行。」

「你不用客氣喔。反正我也剛好心情不錯～」

「不，妳還是做平常那種普通的員工餐就行了。應該說我是很認真地拜託妳。」

「唔唔……難得人家要幫你做一份豪華員工餐，這個笨堂弟竟敢潑我冷水！」

「好痛！」

她又往我頭上拍了一下。這樣是不是有些太不講理了？

老實說，如果要說我不想品嘗結愛姊用心做的豪華料理，那就是在騙人。

可是，假如真的要讓她請我吃那種料理，我覺得自己還是應該付錢，而且員工餐也是有優點的。

所謂的員工餐，就是利用當天沒用完與淘汰掉的食材，即興創作出來的料理。

因為結愛姊就連做員工餐也會全力以赴，把累積起來的經驗與知識全都灌注在料理之中，因此她做的員工餐非常美味，甚至讓我懷疑那到底是不是員工餐。

而且那些都是她走進廚房十分鐘就能完成的料理，在我眼中簡直就是神乎其技。

會有這種感覺，八成是因為最近開始學著自己下廚了吧。

自己也親自下廚，對料理稍有了解之後，才能稍微體認到她們有多麼厲害。

雖然我並不打算變得那麼厲害就是了……

「你又～停下來了喔。」

「唔，抱、抱歉！」

我再次陷入沉思，結果又挨罵了。

因為這已經是第二次，她使勁地在我屁股上拍了一下……為了不再次挨罵，只好趕緊完成清潔工作。

◇◇◇

後來又過了十幾分鐘，我總算打掃完畢的時候，在不知不覺中回到廚房的結愛姊也剛好把員工餐擺到吧檯上。

聞到熱騰騰的香味了……！

「來～這是今天的員工餐！我做了馬鈴薯千層麵喔。」

「喔喔……！」

千層麵是一種寬條式義大利麵，而使用那種麵條做出來的義大利麵料理，也叫做千層麵。

在分類上算是義大利料理，做法是把肉醬與其他食材夾在層層堆疊的千層麵之中……什麼的，其實我也只是略知皮毛。

畢竟千層麵是咖啡廳「結」的冬季限定餐點，我這個外場服務生（偶爾也身兼外送員）當然知道這些基礎知識。

「對了，伯父他們呢？」

「他們兩個都上樓了。因為某人打掃的速度太慢，我猜他們現在早就恩愛地喝著小酒了吧。」

「嗚……對不起。」

「沒關係啦。反正我也可以關店。而且到了這種歲數還要看父母放閃，也只會覺得尷尬。」

結愛姊擺出一張臭臉，無奈地聳聳肩膀。

「對了，我看伯父今天好像心情不錯呢。」

「聽說媽媽最近工作還算順利，可以比以前更早回家，所以我也打算義務加班一段時間。」

結愛姊似乎打算在店裡打發時間，免得打擾到伯父與伯母小酌片刻的時光。

她立刻走進廚房，很快就拿著兩個小盤子與一罐啤酒回來。

這個裝著千層麵的耐熱盤，以一人份來說確實有些太大，看來這道千層麵似乎是兩人份。

「我來裝盤吧。」

「謝啦。」

我動手把千層麵裝到小盤子上。結愛姊在旁邊坐下，打開啤酒罐的拉環。

啤酒罐發出悅耳的聲響後，結愛姊就大口喝起啤酒，看上去就像是在拍廣告。

「爽快～！工作結束之後，果然就是要喝啤酒呢！」

「就算妳跟我說這個……」

「真是的，你還是早點去學怎麼喝酒啦。算了，反正你是四月出生，再過不久就能喝了。」

「啊哈哈……我猜妳到時候一定會拚命灌我酒。」

「當然要啊。先搞清楚自己的酒量可是很重要的。」

「嘻嘻嘻。」結愛姊露出牙齒笑了出來。

「別擔心，你可以放心喝到掛喲。反正到時候還有我們一家人可以照顧你，而且……小朱莉應該也會陪著你。」

「那我不就更不能喝到掛了嗎！」

要是小朱莉才剛進大學，就讓她見識到大人世界的黑暗，也未免太過殘酷。

當然了，這也是因為我不好意思讓她看到我醉倒的樣子。

不過，要是我誠實說出這個原因，結愛姊肯定會故意捉弄我。

為了轉移話題，我把裝著千層麵的小盤子拿到結愛姊面前。

「結愛姊，這盤給妳。要是只顧著說話，千層麵可是會涼掉的。」

「謝啦～」

「那我也要開動了。」

其實我一直很在意這股從剛才就聞到的芳醇香味。

雙手合十，馬上吃了一口千層麵。

「嗯……！」

之前已經說過，這道千層麵是店裡提供給顧客的冬季限定餐點。

雖然這道餐點頗受歡迎，但我還不曾吃過。

照理來說，店裡提供的餐點我幾乎都吃過一次。

不過因為各種機緣巧合……連一次都不曾吃過這道千層麵。

我當然知道這道千層麵只是員工餐，和提供給顧客的餐點完全不同，可是——

「好吃！」

肉醬的酸味與鮮甜在疲勞的身體裡擴散開來。

熱騰騰的馬鈴薯泥十分順口，與富有彈性的千層麵可說是絕配。

這股美味澈底融入剛結束一天工作的疲累身軀。

這種感覺很像是在田徑社的練習結束之後喝到運動飲料，我的身體渴望著這股美味，無法停下手裡的湯匙！

「呵呵呵，那可是我做的料理，好吃也是正常的。」

看到我的反應之後，結愛姊露出開心的笑容。

「只要你學會喝酒，這道料理就會變得更好吃喔。這道千層麵應該很適合配著葡萄酒吃。」

「這樣啊……」

聽到她說這道料理還能變得更好吃，讓我也跟著想喝酒了。

「……可是妳喝的明明就是啤酒。」

「哈哈哈！那是因為我什麼酒都喝啊～！不管是啤酒還是葡萄酒都行！反正我又

不是侍酒師！」

聽到我這麼吐槽，結愛姊直接用豪邁的笑聲輕輕帶過。

然後打開第二罐啤酒，大口喝了下去。

「啊，對了，你最近有跟小朱莉保持聯絡嗎？」

「咦？」

「你最近愈來愈常嘆氣了，我猜應該不是因為思念故鄉，而是想女友了對吧？」

「嗚……果然被妳看穿了嗎？」

她從以前就經常說中我的心事。雖然已不會為此感到驚訝，還是有些受到打擊。

「廢話。即使你這個人很好懂也是原因之一，像這種剛交到女朋友的男生，通常也都是這副德性。」

結愛姊得意地挺起胸膛。

「再說，你們兩個開始交往後，馬上就開始談遠距離戀愛了吧？畢竟你們之前還過著濃厚的同居生活，當然更會有這樣的反應。」

「妳、妳說濃厚的同居！」

總覺得這種說法聽起來非常下流……！

「先、先說好，我們可沒有做什麼奇怪的事情喔！」

「這句話你已經說過很多次了，不過你愈是這樣強調，感覺就愈是可疑了呢～」

「嗚……！」

「不過，你們倆之前同居的時候，很明顯還沒進到那種階段，我對此一點都不懷疑就是了。」

其實她老早就得到結論，只是故意要捉弄我罷了。

我跟實璃好像也說過類似的對話。

不知道她是故意要捉弄我，或是事先警告，還是覺得我是個沒出息的男人，總之這讓我有些沮喪。

然而事實就是如此。她們沒有說錯，我這人確實遲鈍到無可救藥的地步，才會一直沒注意到小朱莉的心意。

說不定就在此時此刻，我也沒能發現某些事情。

畢竟很多事情都和自己下廚一樣，如果沒有實際體驗就不會明白。

「…………」

「你幹嘛一直看著我？」

結愛姊自稱是個情場老手。

我想這不是她自我感覺良好，事實應該也是如此。

因為親身體驗過戀愛中的各種滋味，才能輕易看穿我心中那種膚淺的煩惱。

既然如此──

「那個啊，結愛姊，我有事找妳商量，想聽聽看妳的意見……」

「咦？你有事要找我商量？真難得～」

「才、才沒有這種事呢。」

我趕緊否認，但心中也覺得確實如此。

畢竟找結愛姊商量事情，就跟全裸衝進一群飢餓的獅子之中差不多。

我都數不清自己被她取笑與捉弄，還有當成玩具多少次了。不確定是在什麼時候，大概是從國中時代開始，我就不太會找她商量正經的事情。

可是，我現在實在無法獨自解決這個問題……而且也沒有時間了。

「就是……聖誕節不是快要到了嗎？」

「是啊。」

「還有就是……雖然妳可能早就知道這件事，小朱莉的生日也快要到了。」

「咦？是這樣嗎？」

「對，十二月二十四號那天。」

儘管被昂瞧不起，我還是從他口中問出小朱莉的生日。

而那天正好就是聖誕節的前一天……也就是俗稱的聖誕夜。

「我不太確定這是好事還是壞事。畢竟她每次慶生的時候都會撞上聖誕節。」

「確實是這樣沒錯。」

因為就算她能夠拿到兩份禮物，應該也只能吃到一份蛋糕……糟糕，好像有些離題了。

「總之，那是個值得加倍慶祝的日子。我……身、身為她的男朋友，也想要幫她慶祝一下，可是……」

「原來如此。」

「……我不確定這麼做是否正確。」

「咦？」

結愛姊驚訝地叫了出來。

聲音中充滿疑惑，給我一種「這傢伙在說什麼傻話呀」的感覺。

「你直接幫她慶祝不就得了嗎？不對，你一定要幫她慶祝才行！」

「……可是，小朱莉還是個考生不是嗎？」

「這個嘛……是這樣沒錯啦。」

「我至今看過小朱莉的各種面貌。她成熟穩重、意志堅定、個性認真、長得又很可愛……」

「你這是在放閃嗎？」

「我、我沒有那個意思啦！」

糟糕……一個不小心就說出不該說的話了。

想見她——這種想法似乎比我想的還要強烈許多。

可是——

「我也很清楚小朱莉的弱點。她很容易受到影響。尤其是心情的影響特別大。」

想起夏天快要結束時，她因為模擬考成績不理想而沮喪的樣子。

雖然在我跟實璃看來，她的模擬考成績並不算差，但還是清楚記得她打電話給我時那種絕望的語氣。

「不光是壞心情會讓她感到沮喪，就連愉快的心情也會完全占據她的腦海，讓她無法分心去做其他事情。如果幫她慶祝聖誕節與生日，我想她一定會很開心。然而現在是重要的時期，不能影響到她的心情。」

「你說得對。可是，如果你不幫她慶祝，好像又有點不太對……」

「嗯。假如小朱莉期待我幫她慶祝，這樣說不定反倒會害她失望。」

我無法做到兩全其美。

既然都要做出選擇，我覺得做出讓她開心的選擇比較好，但這種事還是無法輕易做出決定。

「儘管覺得你想太多了，可以再多相信她一點……不過你去年準備考試的時候也很敏感，會有這種想法也很正常。」

結愛姊既無奈又同情地嘆了口氣。

我當初快要考試的時候，精神確實相當緊繃，其實外在因素才是主要原因……現在還是不提這件事了。

「畢竟小朱莉的心理素質確實不夠強呢……」

結愛姊小聲如此說道，然後就閉上了眼睛。

她肯定是在回想小朱莉當初來這間咖啡廳做客時的樣子。

「求想要怎麼做？」

「妳是說我嗎？」

「不管做出什麼樣的選擇，都有可能是錯的。既然如此，你何不照著自己的想法去做就好？」

「我……當然想幫她慶祝。可是，又覺得這樣好像太自私了……反正我就是拿不定主意啦！」

這已經不知道是第幾次了。每次只要想到這件事，我就會忍不住抱頭苦惱。

想幫她慶祝。就算聖誕節還有下一次，她的十八歲生日與交往後的第一次生日也不會再有第二次，明明知道這件事卻不幫她慶祝，我覺得自己將來肯定會後悔。

不過，我已經說過要等她了。小朱莉應該也對此深信不疑，現在正努力準備考試。我絕對不能興奮到失去理智，進而影響到她的心情。

「啊啊，我該如何是好……」

「既然你這麼煩惱，怎麼不直接問小朱莉本人的想法？」

「不、不可以問她！」

「為什麼不行？畢竟這件事也關係到她本人，而且在這個時代，單方面強迫別人接受自己的想法，已經算是一種騷擾了喔。」

結愛姊沒有說錯，而且這八成是最正確的做法。

不管我想了多少次，也覺得應該尊重小朱莉本人的想法。

「可是……這件事我想要自己做決定。」

「即便那只是你自以為是的想法，也要這麼做嗎？」

「嗯。」

我很肯定地點了點頭。

雖然心中充滿迷惘，但就只有這件事，我早就做出決定了。

「因為過去一直都是小朱莉在引領著我。」

這些話不是對結愛姊說的，幾乎算是我的自言自語。

我低頭看向自己的雙手，像是要整理腦海中的思緒一樣，開口說出自己的想法。

「當初是小朱莉主動來到我家。引領著不知所措的我，還在我膽怯時從後面推了一把。九月那時候也是這樣。我回到老家後，她立刻來找我玩。不管是海邊，還是煙火大會與文化祭……統統都是她帶著我一起去的。」

我一直都很被動。

只會假裝自己是個成熟的大人，看著她滿臉笑容東奔西跑的樣子。

可是，我不認為小朱莉原本就是那種會主動對男生展開攻勢的女孩。

——對……對不起！

腦海中浮現我們一起去煙火大會那晚的事情。

還記得當煙火發射到天上的時候，那個從我身旁逃走的嬌小背影。

（她絕對不是那種積極的女孩。她是鼓起了勇氣，才能一直引領著我前進。）

正是因為我能感受到她的心意，才無法選擇輕鬆的做法。

「我也要努力為她考慮，找出一個最好的做法，然後為她去做那件事。所以就算跟她商量之後，我也想要自己做出最後的決定……」

……糟糕，我好像說太多了。

要是對結愛姊說出這種話……肯定會被她捉弄的！

總覺得有些難為情，只能默默低著頭。

「……這樣啊。」

看到我這副模樣，結愛姊沒有說話捉弄我。

她露出遠比想像中還要溫柔的反應，變回那個我以前最喜歡的溫柔堂姊。

「看來你也長大了呢。」

如此說道的結愛姊溫柔地摸了摸我的頭。

她可能還是在捉弄我。畢竟沒人會這樣摸一個男大學生的頭。

……不過，不知為何就是不想甩開她的手。

「既然你這麼決定了，那就仔細考慮清楚吧。我能給你的建議只有一個。我覺得只要是你認真想出來的答案，不管那是什麼樣的決定，小朱莉肯定都會接受喔。」

結愛姊溫柔地對我這麼說，既像是在教導學生，也像是在安慰弟弟。

而這句話也確實傳到我心中。

「結愛姊……」

「要是小朱莉不能接受，雖然對她不太好意思，但我可能無法把你讓給她了。」

「原來妳把我當成自己的東西嗎？」

「不是，你是我可愛的堂弟喔。」

如此說道的結愛姊輕輕敲了我的頭，露齒微笑。

第2話
關於我朋友不知為何沮喪失意這件事

隔天早上，我前往大學的教室準備上第一節課，結果難得看到昴已經在教室裡。我們上下學期都選修同一門課，但他每次都差點遲到。

「早安。」

雖然主動問早讓我覺得不太對勁，我還是坐在昴身旁。然後一邊拿出課本一邊看向身旁——差點就忍不住大叫。

「你、你的臉色怎麼那麼難看？」

「嗯……哦，原來是求啊。」

他的眼睛周圍冒出黑眼圈，臉頰也有些消瘦。看起來就跟漫畫角色一樣，明顯露出一副快要死掉的樣子。

「沒什麼啦。只是遇到了一點事情。」

「……昴？」

「這樣啊，你要保重喔。」

雖然有些在意昴這副模樣，就別理他了吧。

畢竟很快就要開始上課，現在還是先專心上課吧。

「喂！你要問我原因啊！沒看到摯友變得這麼沮喪嗎！」

「呃，可是等等就要開始上課了……」

「上課跟我到底哪邊比較重要啊！」

「現在當然是上課比較重要。畢竟今天好像要宣布期末報告的題目。」

「可恨啊……！這件事對我來說也很重要……！」

儘管昴不甘心地這麼說，但他似乎還是覺得學分很重要，也開始準備上課。

大學的課程基本上都是依照出席率跟期末考或報告的分數，來決定該名學生能不能拿到學分。

雖然有些課程會要求學生提出好幾次報告，每次上課時還要在教學反饋報告書上寫下感想與課題，然後用那些報告來打分數……一般來說只要有乖乖來上課，完成教授出的課題，就能拿到學分了。

基本上只要不是身體不舒服，我向來都不會缺席，不過昴偶爾會看心情決定要不要來上課，出席率只有勉強過關的七成左右。如果無法在期末考或報告中拿到比我更高的分數，他很可能會被教授當掉。

（儘管他看起來不太舒服，但還是有來上課，可見他應該也有危機意識吧。）

畢竟是從高中就混在一起的朋友，我當然不樂見他因為拿不到學分而無法畢業，雖然不能肯定那種愛偷懶的態度，還是想要儘量幫他脫離困境。

（……不過，昴這傢伙會因為學分的問題，就把自己逼到這種地步嗎……？）

這傢伙遇到這種情況時向來不會拚命掙扎，而是會選擇放棄治療。

總是要等到身邊的人出來教訓他，他才會願意採取行動。

「欸，求，我晚點有些事情想跟你談談……」

他說起話來有氣無力，聽起來就像是在嘆氣。

昴顯然有些反常，讓我有種麻煩即將找上門來的預感。

明明我連自己的煩惱都還無法解決。

◇◇◇

長達九十分鐘的課堂結束之後，我跟昴一起離開教室。

因為昴說他不想讓其他人聽到這些話，而且我們兩人接下來都是空堂，於是就決定先回到他離這間大學十分鐘路程的家裡，再來聽他訴說煩惱。

「你房間還是一樣亂……」

昴住的地方比我家還要大多了。

我住的房間只有一個廚房，但昴的房間還多了一個客廳。

因為客廳與廚房是分開的，感覺就像是多了一個房間。

不過，他家裡擺了很多雜物，地板上到處都是脫掉就亂丟的衣服，還有網購平台的紙箱。

還看到一些新買的家電與保健用品，心裡想著這房間確實反映了主人的個性。

「唉，你隨便找個地方坐吧……」

昴還是一副要死不活的樣子，而我也聽從他的指示，盤腿坐在坐墊上面。

「說吧，你要找我商量什麼？應該不是學分的問題吧？」

「才不是那種無聊的事情。」

昴斬釘截鐵地如此否認。

不，我可不認為學分問題是無聊的事情。

「其實啊…………」

昴故意停頓了一下，時間長得讓人很不耐煩。

「我最近總覺得自己和小菜菜美的戀情好像不太順利！」
他總算說出了自己的煩惱。
「…………」
而我聽到這個煩惱，整個人都愣住了。
該怎麼說呢……實在不知道該做何回答。
昴口中的小菜菜美就是長谷部菜菜美……跟我們兩個一樣，都是就讀政央學院大學的一年級學生。
她跟我是同一門必修英語會話課的同學，我們倆也因為這樣變成朋友。
昴當初就是透過我認識她，對她一見鍾情，展開猛烈的攻勢，經過許多次約會與告白之後，終於在暑假前開始交往。
當然了，因為長谷部同學是昴的女朋友，所以我跟她也一直都是朋友。
不光是英語會話課，每當我們上同一堂課，或是在校園裡偶遇的時候，我們都會向對方打招呼，也會順便閒話家常。
不過，我並不覺得她跟昴之間的感情變差了。
因為她也知道我跟昴是朋友，要是他們兩人關係變差，應該也會多少顯得有些不自在才對……？

「你是說真的嗎？我跟她聊天的時候完全沒有那種感覺……」

「可是，她回我訊息的速度變慢了，而且態度好像有些冷淡！感覺笑容也不是很自然……」

「話說，喂、喂！你別哭啦！」

昴說著說著竟然哭出來了。

我沒想到他真的會哭，不知道該如何是好，只能撿起地板上的面紙盒拿給他。

「你先擦乾眼淚吧。」

「嗯……」

昴抽出面紙，在自己臉上擦了幾下。

我們兩人下午都還得回到大學，但我不確定他這樣還有沒有辦法去上課。

「求，拜託你救救我……！」

「咦？」

「能不能幫我去跟小菜菜美打聽一下？看看她……對我有什麼想法。」

「不、不行啦！這種問題你要我怎麼開口啊！」

「拜託你發揮那種萬人迷的本領幫我想想辦法！」

「我可不記得自己什麼時候有這種本領了！」

我明明沒有發現任何長谷部同學討厭昴的跡象，根本不可能突然問她是不是討厭昴了。要做惹人厭的事情也該有個限度吧！

不過，昴完全沒有要放棄的意思。

他緊緊抱著我的大腿，拚命拜託我幫忙。

「拜託啦！我現在只能靠你了！會幫你收屍的！」

「我都還沒去找她！你就這樣唱衰我！」

話雖如此，我確實沒辦法對他見死不救，無情地拒絕他的要求。

如果是以前的我，或許會對昴的態度感到傻眼，不把他的哀求當成一回事。只會覺得很傻眼，隨便說幾句「你想太多了」或「你太敏感了」就打發他。

可是，現在的我確實無法置身事外。

（要是我傳訊息給小朱莉，結果她回的訊息愈來愈少，語氣也愈來愈冷淡，直接見面時也總是露出僵硬的笑容……想到這樣就讓我笑不出來。）

昴在不知不覺間從總是讓我傻眼的傢伙，變成能讓我感同身受的同伴了。

雖然我並不討厭這樣……但還是不由得感嘆自己實在太單純。

「你不需要問得太直接，只要像是走進常去的小餐館，隨口向老闆詢問近況那樣，不經意地幫我問她一下就行了！」

「不明白你說走進小餐館是什麼意思，不過……我明白了。」
「……你明白什麼了？」
「我會去向長谷部同學打聽她對你的想法。」
「真的假的！」
「先說好，我只會幫你問問看喔。」
因為他看著我的眼神充滿期待，於是我決定試著減輕自己的壓力。
可是，昴的眼睛還是一樣閃閃發亮，甚至還微微泛出淚光！
看起來就像是把一縷希望全都賭在我身上了。
「……還有，就算我搞砸了，你也不准有怨言喔。」
「沒問題！我相信你一定會成功！」
「不知道你對我的信賴到底有何根據，但是你最好別太期待啊！」
總覺得自己被迫扛起了不必要的責任。
我看還是乾脆放著他不管吧……雖然腦海中浮現這樣的想法，我又沒辦法讓自己那麼無情，只好在大學與小朱莉的事情之外，又背負起另一個令人頭痛的問題。

◇◇◇

然後，時間來到當天下午。

「唉……」

今天的課全都結束了，我把課本與筆記本放進書包，同時重重地嘆了口氣。

當我跟結愛姊商量之後，正打算好好思考該如何度過聖誕節與小朱莉的生日時，馬上又多了一個讓人胃痛的任務。

因為我跟昴都是在煩惱女朋友的問題，實在無法隨便應付了事。

「看來只能先從可以解決的問題開始處理了……」

「嗨，白木同學。」

「嗚……！」

突然被人這麼一叫，我下意識地整個人都僵住了。

因為對這聲音有印象。

「你、你沒事吧？怎麼會發出那種奇怪的叫聲？」

「我、我沒事。午安，長谷部同學。」

這實在太過湊巧了。這位來找我說話的女生正是長谷部菜菜美……也就是昴的女朋友。

儘管不知道這樣說好不好，但長谷部同學是個很會打扮的漂亮女生，看上去就是個大學生。

她有著稚氣未脫的臉龐，還有一頭及肩的褐色長髮。

我們初次見面的時候，她還像是一位氣質優雅的千金大小姐，不過她打扮與化妝的技巧好像變得愈來愈厲害了。

她的個性開朗，卻不會給人惺惺作態的感覺，就算她不是昴的女朋友，也是個跟我很有話聊的朋友……但我現在只覺得尷尬。

「嗯？怎麼了嗎？」

長谷部同學一臉不可思議地微微歪頭，探頭看向我的臉。

「啊，呃……最、最近好像變冷了呢。」

「咦？不是已經變冷很久了嗎？」

因為我覺得找不到話題時就該聊天氣……才會在情急之下說出這句話，但這個話題實在太糟糕了。

畢竟寒流早在一個多月以前就來了，現在才聊這個話題實在太晚了。

難道就沒有什麼更好的話題了嗎……我絞盡腦汁拚命思考。

「因為，呃……對了，是大衣！我還是頭一次看到妳穿那件大衣！」

「你說這件大衣嗎？」

長谷部同學摸了摸自己身上的大衣。

那是一件深藍色的粗呢大衣。不知道是不是錯覺，總覺得那件大衣看起來有些孩子氣。

「那該不會是妳新買的衣服吧？」

「啊哈哈，不是啦。這是我高中時代穿的衣服。其實也想買一件新大衣呢～你不覺得這件大衣有些孩子氣嗎？」

「沒、沒那種事，我覺得那件大衣很適合妳。」

「……你真的是白木同學嗎？」

「咦！」

她提高警覺了！

我剛才是不是說錯什麼話……？

剛才那些對話明明就很自然啊！

「我只是覺得你會聊起別人的服裝實在很難得呢。」

「是、是這樣嗎？」

「小昴也是這麼說的喔。他說那是你這個人的缺點。」

聽到她說出自己男朋友的名字，我的心臟猛然一跳。

「對了，我好像還聽說過這種事呢。在你們讀高中的時候，有個女孩一直暗戀著你，還在剪完頭髮的隔天去找你，問有沒有發現什麼不一樣的地方，結果你卻說覺得她就跟平常沒兩樣。」

「那傢伙連這種事都告訴妳了嗎！」

「是啊，而且他還說得很開心呢。」

長谷部同學小聲笑了出來。

雖然覺得很遺憾，但確實發生過這種事。我還記得昴經常拿這件事來取笑我。

當時看到那女孩露出不安的表情，問我她身上有沒有什麼不一樣的地方，才會以為她不是在問髮型，而是在問她是不是變胖了，或是其他那種不好的變化。

所以我才會貼心地說她毫無改變。當然也不覺得她有變胖就是了。

「請妳把這件事忘了吧……」

「哈哈哈，看到你的反應，就知道那是事實了。」

如此說道的長谷部同學露出苦笑。

「不過還是要告訴你，那種話很傷女孩子的心喔。」

「嗚……我想也是……」

「但我猜你應該只是本來就不會在意那種事情吧。高中男生不是對異性比較不感興趣嗎？雖然我是讀女子學校，其實也不是很懂就是了。」

嘴巴上挖苦我，她看起來好像有些開心。

當她從昴那邊聽說這件事時，應該就很想找機會捉弄我一下了吧。

就這點來說，她跟昴可說是天生一對呢。

「可是你這次有注意到我的大衣……難不成你在男女關係上遇到什麼事了嗎？」

「咦……原來昴沒有告訴妳嗎？」

「咦！他什麼都沒有告訴我喔！你絕對遇到什麼事了對吧！」

長谷部同學的眼睛亮了起來。

我好像說了多餘的話……！

「到底是什麼事！快告訴我！」

「這個嘛……在這裡說有點……」

我被她激動的語氣嚇到，趕緊告訴她接下來這些話不方便在下課的教室裡說。

雖然大家都在閒聊，應該沒人會偷聽我們說話就是了。

「那我們去外面找張長椅坐下來聊聊吧。反正我今天沒課了，你應該也是吧？」

「是啊。那我們就出去說吧。」

儘管有一瞬間覺得沒什麼分別，但出去說還是比在教室裡好多了。
而且如果要打聽她對昴的想法，換個氣氛輕鬆點的環境應該也會比較容易。
我點頭同意長谷部同學的提議，就這樣揹起了背包。

◇◇◇

外面已是黃昏時分。
我們離開教室，走了一小段路，在校園裡找張長椅坐下。
雖然這裡是讓人稍事歇息的地方，但仔細想想才發現，我好像還是頭一次像這樣與長谷部同學單獨聊天。
我們當然也不曾單獨去咖啡廳或餐廳吃飯。
因為通常還會有其他朋友或昴在場……所以我感到有些新鮮。
「那就請你從實招來吧～」
長谷部同學像是在哼歌般笑了出來，立刻說起正事。
好吧，這也是必要的犧牲。
雖然我早就下定決心要說了，卻不曉得該從何說起。

「長谷部同學，妳知道昴有個妹妹嗎？」

「啊～嗯，知道喔。我們不曾見面，但我看過她的照片。該怎麼說呢……那女孩真的超————級可愛！」

「是、是啊。」

她彷彿突然受到某種刺激，探出身體激動地如此說道。

「我甚至懷疑她到底是不是小昴的妹妹，不敢相信是不是真的有這個人。原本還以為小昴可能是個噁心的妹控，不過又覺得如果妹妹是那種女孩，他會變成妹控也很正常！」

「原、原來如此。」

「嗯？可是你怎麼會突然提起他妹妹的事情？」

「呃……這就得回到我們剛才在教室裡聊的話題了……」

「這樣啊……嗯？等等……」

長谷部同學對著我伸出手掌，不讓我繼續說下去。

然後她皺起眉頭手抵著下巴，像遇到殺人事件的名偵探一樣低喃了幾秒鐘——

「該不會是……我想的那樣吧？」

「嗯……就是那樣。」

當我在這種情況下突然提到昴的妹妹時，她心中的疑惑就只有一個解答。

我交到女朋友了，而那女孩就是她男朋友的妹妹。

在完全理解這件事的同時，長谷部同學深深地嘆了口氣。

「難怪你願意輕易告訴我這件事。」

「不過我還是希望妳不要到處張揚，因為她明年會來讀這間大學。」

「明白了。我會幫你們保密。」

長谷部同學很乾脆地點頭答應。

而我們剛才的這段對話，也讓我明白她目前並沒有昴想像的最壞情況——分手的意思。

因為我們剛才那段對話，全都是以長谷部同學是昴的女朋友為前提。

既然她能接受這一點，完全沒有表現出動搖與異狀，那她對自己跟昴的情侶關係沒有不滿……應該啦。

（不過，如果只憑這樣的推理就能解決一切問題，也不會有那麼多人都說我太過遲鈍了……）

老實說，我沒什麼信心。

雖然覺得應該沒問題，還是姑且問問看比較好吧。

畢竟這種機會可不多……好！

「對了，長谷部同學。」

「什麼事？」

「最近很少看到妳跟昴在一起，你們之間是不是發生了什麼事？」

我姑且繞著圈子這麼試探她。

如果我的推理正確，這個問題就只會是白問的，她應該會笑著說我想太多——

「咦！你、你應該誤會了吧！我們就跟平常一樣……對，我們兩個之間什麼事都沒有。啊哈哈……」

（她、她很明顯動搖了！）

長谷部同學的眼神明顯亂飄，臉上甚至冒出些許冷汗。

她絕對有所隱瞞。就算我是大家公認的木頭男，這點事情也還是看得出來。

「這、這樣啊，跟平常一樣呢……啊哈哈……」

「是、是啊，你這個問題還真是奇怪。啊哈哈……」

她敷衍我的技巧太過差勁，反倒讓我沒辦法繼續追問，我們只能尷尬地看著彼此傻笑。

當然了，長谷部同學應該也不認為自己成功瞞過我。

可是，現在變成這種狀況，她應該也沒辦法主動訂正那些話了吧……

「我、我們是不是該走了？」

「說、說得也是！啊，我還要先去圖書館還書！」

「這、這樣啊……那我先走了！再見！」

唯一值得慶幸的事情，就只有我們是在校園裡的長椅上說這些話，隨時都能輕易告別。

我們用生硬的語氣互相道別，然後就這樣解散了。

「傷腦筋……我到底該怎麼跟昴報告才好……」

原本以為問題解決了，結果卻變得愈來愈嚴重。

這讓我感到頭痛，不知道該怎麼告訴昴這件事。

幕間 此時此刻的小朱莉

「宮前同學，我喜歡妳！請跟我交往！」

「咦？啊，對不起。」

時間來到十二月後又過了幾天。

我放學後與小璃在教室裡聊天時，突然有個男生來向我告白。

記得他是隔壁班的男生。雖然知道他叫什麼名字，但幾乎不曾跟他說話。

我沒想太多就直接拒絕了。看著他垂下肩膀失望離開的背影時，小璃傻眼地嘆了口氣。

「都什麼年代了，還有人這樣直接告白？」

「嗯，我也嚇了一跳呢。」

我沒有評論好壞，但還是同意她的看法。

教室裡還有很多其他同學，他卻突然當場向我告白，我覺得很困擾，有種被人拿來看好戲的感覺。

而且那位隔壁班的同學才剛走出教室，幾個朋友就立刻圍上去安慰，一群人在走廊上吵鬧……讓我忍不住想要抱怨幾句。

「不過，這大概就是所謂的桃花稅吧。」

「嗚嗚……我竟然在不知不覺中繳了不想繳的稅……」

儘管像這樣突然告白只是特例，但經常會有幾乎沒說過話的人來問我的聯絡方式，不然就是邀請我約會。

如果是陌生人來問我的聯絡方式，大可直接拒絕，如果對方想要找我出去玩，也可以用準備考試當藉口拒絕，最讓我傷腦筋的事情，莫過於在鞋櫃裡收到情書了。因為無法當場拒絕，想拒絕人家也得費上一番工夫。

不過，總覺得那些男生追求我的行動，最近好像迅速變多了。

（難道是因為……我開始散發出成熟的魅力了嗎！）

聽說女性只要開始談戀愛就會變得更堅強，也會更有魅力。

我一直暗戀學長，努力想要成為配得上學長的女生。

然後……我順利變成學長的女朋友後，又變得更喜歡學長，更想要努力得到他的認同。

難不成就是這種想要變強的願望，讓我變成一個更有魅力的女人……！

「畢竟我們明年就不需要來學校了，他應該是覺得現在就是向妳告白的最後機會了吧。」

「…………」

小璃非常地冷靜。

「我們走吧。」

「嗯……」

現在是三年級的冬天。我們很快就要告別高中生活，但小璃還是沒有改變，我覺得有些放心。

我圍上從高一就用到現在的圍巾，從自己的座位站起來，同時感覺到來自全班同學的目光。

我心想這是因為剛才那件事太過引人矚目，又覺得說不定是因為還有其他人想找機會向我告白……整個人變得疑神疑鬼。

雖然我也知道這只是自己想太多了！

……每次遇到這種情況，都覺得小璃果然很帥氣。

就算有人向小璃告白，她也完全不為所動。

如果別人問她的電話號碼與信箱，她會一邊玩著手機，一邊說出：「我沒有手機。」這種露骨的謊言。如果別人找她出去玩，她也會說：「媽媽交代我不能跟陌生人出去玩。」毫不留情地拒絕對方。

要是有人把情書放在她的鞋櫃裡，她看都不看就直接丟掉。當她心情不好的時候，還會看看寄信人是誰，假如知道對方是哪一班的學生，就去那個班級的鞋櫃旁，拜託那個班級的學生幫忙把信還給對方，做出這種沒血沒淚的殘忍行為。

雖然小璃的強勢反擊似乎招來某些人的批評……但可能是因為害怕她的反擊，別人向她告白的次數也確實減少了。

我原本就不打算與學長以外的人交往，也終於如願和學長交往了，別人來告白的次數減少這種事，對我來說就只是值得羨慕的事情。

我是否也該效仿小璃的做法，狠下心嚴厲拒絕別人的告白比較好……嗚嗚……

幸好今天沒有其他人又來搭話，我們得以順利走出學校。

我獨自回家時，幾乎都會在鞋櫃附近被人叫住。啊，這該不會是小璃的功勞吧！

「我們以後每天都一起回家吧！」

「不可能。」

她無情地拒絕我了！

「因為我暫時都要忙著打工。」

「嗚……」

小璃在文化祭結束後開始打工。

因為她早就通過推甄，現在正努力存錢以便迎接未來的獨居生活。

所以之前是我忙著準備考試，最近則都是小璃忙到沒時間陪我。

當然了，因為入學考試已迫在眉睫，我的考前衝刺也漸入佳境，現在必須更加努力才行，但如果不讓自己偶爾喘口氣，我可是會窒息死掉的！

「那我們今天就玩個過癮吧！」

「…………」

小璃瞇起眼睛，一副覺得傻眼的樣子。

「朱莉，就算妳跟暑假時那樣哭著求我，我也不會再理妳了喔。」

「嗚……我、我才沒有哭著求妳呢！而且我的成績也絕對不會再退步了！」

「妳確定？」

「畢竟我現在每天都會乖乖念書，從下禮拜開始還要去補習班的考前衝刺班。」

「補習班？妳有需要去上補習班嗎？」

「因為……我媽媽說反正都要準備考試，還是去上補習班比較好。」

儘管憑我現在的成績，小璃這麼說或許沒錯，但去上補習班應該也不會有損失。而且只要一個人在家裡讀書，我總是會立刻分心。

「真討厭，早知道我就跟妳一樣，堅持走推甄管道入學就好了。」

「現在才說這個？妳當初不是說要成為資優生，好好表現給學長看嗎？」

「是這樣沒錯啦……」

如果想要被選為政央學院大學的資優生，就得在入學考試中取得好成績，還要通過專為資優生舉辦的面試。

當然了，因為我不是靠著體育或某種特殊成績入學，假如想取得成為資優生的資格，就得在入學考試中取得好成績。

（雖然父母沒有要求我一定要成為資優生……我明明可以挑戰更好的大學，卻還是報考了政央學院大學，因此必須展現誠意給他們看。）

所以我早就知道自己不可能走推甄這條路了。

不過……看到小璃這麼早就從考試生活中解脫，還是免不得感到羨慕。

「朱莉，推甄入學也不是只有優點喔。」

「……是嗎？」

「因為推甄生是靠大學分配給高中的少數名額獲准入學。就算是在入學之後，我在學校裡得到的評價，也會影響到校方對我高中母校的看法。要是我犯下過錯或是中途退學，母校以後可能就拿不到推甄名額了。這個責任可是很重的。」

「這、這樣啊……這麼說也有道理呢。」

「所以我覺得這對妳來說有些困難。」

「什麼！難不成妳覺得我會在學校裡犯錯並遭到退學嗎！」

「因為……」

小璃不敢正眼看我，一副欲言又止的樣子。

看到她表現得這麼明顯，我根本不可能不去在意。

「因為什麼？」

「這種話不太方便在外面說。」

「唔……妳說啦！不然我會很在意耶！」

「那我就說了。」

小璃一邊故意賣關子，一邊把嘴巴貼到我耳邊。

「因為妳可能會跟求哥太過恩愛，結果……不小心就做了。」

「什……！」

小璃說出跟犯錯與退學劃上等號的未來，我彷彿聽到了自己腦袋爆炸的幻聽。

「妳、妳妳妳、妳到底在說什麼啊……！」

「看來那種事對現在的妳來說還太早了。」

「不管是現在的我，還是變成大學生的我，那種事都太早了啦！」

那是我想要迎接的未來……不，就算要說那是我人生的巔峰與終點也不為過。

可是，因為這句話來得太過突然，才害我的腦袋一時之間轉不過來……！

「雖然妳是個純真的女孩，但只要瘋起來就會做出跳脫常識的行為，妳應該也沒辦法斷言自己絕對不會那麼做吧？」

「我、我敢斷言！我當然敢斷言！」

天啊，我的臉頰變得好燙。

不過，那種事可不能因為一時衝動就做下去，我必須先跟學長認真商量過，才能決定該不該做……！

「妳現在的表情還真怪。」

「什麼！」

看到我糾結的樣子，似乎讓小璃覺得非常愉快。

她輕輕笑了幾聲，總覺得她在捉弄我。

不知道她是從什麼時候就開始捉弄了……等等，該不會從第一句話就開始了吧？

（小璃還是沒變呢……）

我有些傻眼，但看到摯友就算忙著打工也還是老樣子，又有種鬆了口氣的感覺。

◆◆◆

我就這樣跟小璃一起回到家裡。

我丟下還在跟媽媽說話的小璃，先一步回到自己房間，換上了家居服。

然後悠哉地坐在椅子上看英文單字卡，等了十幾分鐘。

「讓妳久等了。」

小璃拿著裝有飲料跟零食的餐盤走進房間。

「啊，我媽又把這種事丟給妳做了。」

「妳這個馬上就躲到房間的傢伙有資格說她嗎？」

小璃傻眼地如此說道，同時把餐盤擺到我的書桌上，熟練地打開我的衣櫃。

然後拿出寄放在我家裡的便服，迅速地穿上。

順帶一提，她今天穿了一套頭上有貓耳的連身家居服。

雖然看起來有些孩子氣，但小璃長得漂亮，不管穿什麼都很合適。就算看起來不合適，也會讓人有種反差萌的感覺。

此外，小璃還是個愛貓人士。

「我好想睡……」

小璃像貓一樣瞇起眼睛，大大地伸了個懶腰，然後就毫不猶豫地撲到我床上。

「小璃，妳這麼快就要睡覺了嗎？」

「因為打工累積了不少疲勞……」

「妳現在是在什麼地方打工啊？」

「家庭餐廳。」

「是喔……為什麼？」

「反正三月就要辭職了，在餐廳打工可以不用學太多東西。」

還以為是之前的文化祭讓她對服務業燃起熱情。

不過仔細想想，小璃明明是這種個性，卻好像經常做服務業的工作。

她之前還曾經在全國連鎖的速食店打工，為顧客送上免費的微笑。

「總覺得妳比較像是那種喜歡做後台工作的人。」

「接待客人確實很煩，但也比較沒壓力。如果在只有員工的後台工作，也只會被那些無聊的正職員工瞧不起，那種感覺更討厭。」

儘管她說得輕描淡寫，這些話聽起來有種說服力。這肯定是她的親身經歷吧。

「話說，為什麼都是我在說話？」

「因為要是我不讓妳多說話，妳好像就快睡著了。啊，妳今天要住我家嗎？」

「啊……妳媽剛才也有這樣問我。」

「因為她很喜歡家裡有客人住下來呢～」

「妳等我一下。」

如此說道的小璃開始滑手機。

我猜她應該是去徵求自己母親的同意了吧。

明天是星期六，這種時候她媽媽通常——

「……她同意了。聽說我爸媽好像要跟同事去喝酒，今天也會很晚回家。」

「這樣啊，那我也去跟媽媽說一聲吧。」

「她剛才說要出去買東西。」

「那我就用Line傳訊息給她。」

雖然這是我們習以為常的對話，其實小璃已經很久不曾住在我家了。

小璃可能是顧慮到我還必須準備考試，也可能只是碰巧找不到機會。

不過如果原因是前者，她今天說要住在我家，說不定也是因為顧慮到我的心情。

「嗯，我媽也同意了。她好像從一開始就準備好要做晚餐給妳吃了。」

「是喔？謝啦。」

小璃酷酷地向我道謝。

雖然她對我總是這種態度，但我知道她會認真地向我父母打招呼，所以不會覺得反感。

然而，總覺得她的聲音毫無霸氣……

「既然妳要住在我家，就不能這麼早睡覺喔。」

「我不會睡著啦。只是在打瞌睡。」

「那不就是在睡覺了嗎！」

「啊啊……我看到奶奶在河的對岸……」

「那已經不是睡覺了吧！」

小璃昏昏欲睡地說著傻話，但又突然挺起身體，用惺忪的睡眼看了過來。

「妳跟求哥最近還好嗎？」

「咦？」

「我看妳最近好像沒什麼精神。」

小璃果然有察覺到我的變化。

說是變化可能太過誇張……但我確實是因為覺得寂寞，才會來找小璃取暖。

「其實我們最近根本沒說過幾句話……」

因為我也有自覺，所以立刻就說出自己的煩惱。

「雖然我們有繼續互相傳訊息，不過已經很少直接講電話了……」

「為什麼？倦怠期？」

「沒、沒那麼誇張啦……！」

即便對小璃直白的話語感到畏懼，我還是努力裝出平靜的樣子。

「因為入學考試就快到了，學長才會顧慮到我。而且學長這段時間好像也要忙著應付大學的課業與考試，我不想打擾他。」

「是喔？」

「再說……」

我突然想到月底的某個日子。

聽到我意有所指地這麼說，小璃似乎也想到了。

那天就是十二月二十四日。

聖誕夜。

那天也是我的生日！

在我跟學長正式交往後，那一天當然變得遠比以前更重要，也更為特別了。

「不知道妳在煩惱什麼，但妳直接告訴他不就得了嗎？就說想跟他一起度過聖誕夜啊。」

「這、這個問題才沒有那麼簡單！」

小璃說得很簡單，可惜事實並非如此。

首先是我這邊的問題。

我是個考生，而且過年後就要立刻參加大學入學共通考試（註：此處皆為日本的升學方式）。

如果想考上我當成目標的文組私立大學，可以大致分成參加大學入學共通考試，以及參加普通入學考試這兩種管道。

大學入學共通考試就是以前的中心測驗，只要先參加這場考試，就能拿著這份成績去參加各種大學的入學考試。

因此，如果我能在這場大學入學共通考試裡取得好成績，或許就能直接考上政央學院大學了。

不過，這件事也確實沒那麼容易。

因為這場大學入學共通考試的競爭很激烈，競爭者多到不行！

據說幾乎所有考生都會來參加這場考試。

而且大多數人……都是以「避免落榜」為目標。

就算沒能順利考上志願的學校，只要能靠著這份成績錄取比較好考的學校，就能避免變成重考生。

所以就算是自己不認識的大學，只要地點與成績都在許可範圍之內，大家通常都還是會寫在志願表上，然後再去參加主要目標學校的通常入學考試。

而通常入學考試就只有想報告那間大學的考生會參加，入學名額比較多，難度也會大幅降低。

總之這兩者的難度完全不同。

還曾經聽說，如果要透過共通入學考試考上大學，最好把合格標準設得比通常入學考試還要高上兩級。

（雖然我也會參加共通入學考試，但無法保證可以在這一關就順利考上……）

當然了，假如可以在這一關就考上，那我會很開心的。

就算是拿共通入學考試的成績提出申請，好像也有機會成為資優生，就算之後還要參加通常入學考試，如果能在這一關就合格，也能減輕壓力。

……過了聖誕夜之後，離共通入學考試就只剩下不到一個月了。

老實說我根本沒資格出去玩耍，要是在這個時間點鬆懈，後果可不是鬧著玩的。我自己也明白這個道理。畢竟已經徹底體會過在暑假太過鬆懈，結果狀態變得很差的恐懼了。

（可是……我還是想跟學長一起慶祝。）

即便明白這些風險，還是無法壓抑自己真正的想法。

這肯定是不對的。如果我不是當事者，可能會覺得只要忍耐一年就沒事了。

我不知道自己該怎麼做，也不知道該以什麼為重。

「……不過，拜託別人幫自己慶生這種事，確實很難主動開口呢。」

「其實那也是原因之一！」

畢竟拜託別人幫自己慶生，感覺就像是小孩子才會做的事情。

總覺得這種事最好是當事者忘記了，但旁人還記得，然後讓壽星在驚喜之中歡慶生日。

……我這種想法實在太任性。

甚至不曉得學長是否知道我的生日是哪一天。

（結果還是不知道該怎麼做……）

真希望我擁有一顆堅強的心，不管遇到什麼問題，都能笑著說自己想太多了。

我不敢抬頭挺胸地說絕對不會有問題。

不但與學長說話的機會變少了，而且每次去學校都會被人告白，不管怎麼努力都有念不完的書……我的心情變得愈來愈低落。

明明準備考試才是最重要的事情，卻無法擺脫這種想法。

「朱莉。」

「咦？哇，小璃，妳在做什麼？」

我不由得陷入沉思，結果被小璃戳了兩下……而且還是用腳。

「妳、妳這樣很沒禮貌喔！」

「這本漫畫的下一集在哪裡？」

「…………」

我明明很認真在煩惱，她卻無視我，還悠哉地看著漫畫，這到底算是哪門子的摯友啊！

而且還用腳踢我！

「妳放心。一定不會有問題的。」

「咦……？」

小璃……！

她突然溫柔地鼓勵我，讓我不由得感動了一下。

因為她還穿著像是玩偶裝的家居服，使那種反差萌強烈到突破天際——

「妳看，這個人也是這麼說的。」

「那是漫畫人物吧！」

小璃故意指著漫畫人物說出同樣台詞的格子說道。話說回來，她竟然有辦法剛好找到那種橋段，實在是太厲害了！

「反正這個人都這麼說了，那就一定不會有問題才對。」

「這個理由也未免太隨便了吧！」

「可是，只要想到這個角色過去的英勇事蹟，我就覺得這句話很有深意……話說，這個人到底是誰啊？」

「……應該是只在那一話裡登場的路人吧。」

「…………」

小璃默默合上漫畫。

難以言喻的尷尬氛圍籠罩著房間——

「喂，下一集呢？」

難道她一點都不覺得尷尬嗎！

小璃若無其事地向我索取那本漫畫的下一集，就好像時間稍微回溯了一下。

「……在這裡。」

「嗯，謝了。」

我從書架上找出下一集拿給小璃後，她就若無其事地接過漫畫開始翻閱。

（她的精神簡直跟鋼鐵一樣堅強……！）

雖然這可能是因為我的精神太過脆弱，但小璃面對那種尷尬的氛圍，也依然有辦法迅速找回平常心，果然還是很了不起。

老實說我或許應該向她學習……懷著這樣的想法，撿起她剛看完的那本漫畫，也跟著開始看了起來。

第3話
關於朋友與他女友吵架把我拖下水這件事

最近這段日子，至少在時間來到十二月以後，我就一直覺得晚上睡不好。
雖然在這段期間還沒有那麼煩惱，但最近好像變得愈來愈嚴重。
即便明白自己必須慢慢放下那些煩惱，我也不知道該在什麼時候放下。
結果就是，只要我稍有空閒就會立刻陷入煩惱之中，就算白天的時候還能不去亂想，但睡覺之前就無法避免了。
因為我也很難入睡，感覺可說是糟到不行。

「求，我跟小菜菜美……不對，我已經跟長谷部同學分手了。」
什麼！
「嗯，你這個成績不行喔。還是重修吧！」
不會吧！

「學長，對不起……我沒有考上……」

怎麼可能！

「嗚哇啊啊啊啊！……啊，原來是夢……」

就算偶爾成功睡著，也經常會作這種地獄般的惡夢。

明明沒開暖氣，卻還是睡到渾身是汗，感覺根本沒睡多久。

如果這種情況只是偶爾發生倒是還好，但我幾乎每天都睡不著覺，而且情況還變得愈來愈嚴重，讓我覺得更難受了。

「總之……還是得乖乖去上課才行。」

為了避免其中一個惡夢成真，也就是必修課被當掉重修，我只好勉強撐起沉重的身體。

其實我知道心情如此低落的最主要原因是什麼。

一邊換著衣服準備去上課，一邊拿起正在充電的手機。

然後解除手機的螢幕鎖定——

「唉……」

忍不住嘆了口氣。

因為就跟我想的一樣，螢幕上沒有任何通知。

小朱莉最近變得很少主動聯絡。

以前就算找不到任何話題，她也每天都會傳早安與晚安的訊息。

自從我們都變得忙起來以後，這種雙方都會互傳的無聊訊息變得愈來愈少……到了最近則是完全沒有。

我當然可以主動傳訊息，但只要想到小朱莉應該也很忙，就不敢這麼做，而且也還沒決定聖誕節與她的生日要怎麼過，對此一直耿耿於懷。

總覺得這樣好像沒什麼意義……

「不對，只不過是傳訊息罷了，應該不需要給自己太多壓力！如果我不這麼想，就會變成只有真正有事的時候才敢傳訊息了……！」

我一邊說話鼓勵自己，一邊在訊息欄位裡輸入文字。

「『早安，最近的天氣一直都很冷，妳要保重自己的身體』……寫好了，這訊息應該沒什麼問題吧？」

我不斷重新審視這則訊息，確認其中有沒有錯字或是奇怪的語法。

然後努力做著深呼吸，安撫緊張亂跳的心臟，最後……按下了傳送！聽到響亮的叮咚聲。

「嗚哇……！」

在我送出訊息的同時，門鈴聲也正好響起，害我不小心弄掉手機了。

「難、難道說……！」

因為門鈴響得太過湊巧，讓我覺得不太可能，卻又忍不住懷疑。

不知道這算不算是既視感，腦海中浮現那一天的光景，戰戰兢兢地走到玄關，把門打開。

「嗨。」

「呃，原來是你啊！」

昂就站在門外。

就某種意義來說，實際情況與我的猜測相去不遠。不對，差得可遠了。

我撿起手機放進口袋，同時瞪了他一眼。

「你一大早就來我家有何貴幹？」

「其實也沒什麼啦。我只是很想知道上次拜託你的事情怎麼樣了。」

其實我早就猜到了。

因為我昨天就告訴昂，說我跟長谷部同學已經聊過了。

「我想說反正都要出門，就在去上學的途中順便過來問你了。」

「你都不用管我方不方便嗎？」

「反正我們都要去上同一門課嘛，而且如果我們在學校裡聊這件事，說不定會不小心傳到小菜菜美耳中。」

他這麼說倒是沒錯。

這樣拜託別人偷偷試探自己女友，應該也會讓昴覺得對長谷部同學過意不去吧。

不過，我覺得他更可能只是心急罷了。

雖然他現在也裝出一副與平常沒兩樣的樣子，我早就看出他只是故作堅強。

（也不好意思讓他繼續沮喪下去，看來還是儘量委婉地告訴他結果比較好。）

「求，拜託你實話實說喔。」

「咦？」

「不准顧慮我喔。如果你跟我立場對調，應該也會想要知道實際情況吧？」

「嗚……」

也許是看出我的想法，昴毫不客氣地如此說道。

不對，那是因為他早就知道我是什麼樣的人，也知道我在這種時候會怎麼做。

「……我明白了。那就直接告訴你，可以接受吧？」

「沒問題。」

我改變主意，按照昴的希望在前往學校的路上，照實說出我跟長谷部同學那天的對話。

雖然原本不打算告訴昴這件事，但就算那件事離現在已經有一段時間，我也還是能幾乎完整說出當時的對話。

可是，其實我不太感受得到那種放下重擔的感覺。

「…………」

聽我全部說完後，昴陷入沉默。

我想關鍵果然還是長谷部同學最後的反應吧。

聽我問起她跟昴之間的事情，她很顯然有所隱瞞，反應也變得很不自然。

她跟昴之間肯定出了些問題……老實說，從種種跡象看來，我實在無法樂觀看待這件事。

「……我不是開始打工了嗎？」

「嗯，是啊。」

「不過，為了讓自己有辦法跟小菜菜美正常約會，我一直很努力地調整行程。」

昴的打工是做外送員。

這種工作可以自行調整上班時間，確實比較容易調整行程。

「因為小菜菜美在週二、週五與週六都要打工，所以我會選在其他日子邀請她去約會。不過，她最近好像一直很忙，經常拒絕我的邀請……」

昴無力地垂下肩膀。

看到昴明顯表現出沮喪的樣子，我隱約猜到他心中的想法了。

「你、你是不是想太多了？這種事在人與人之間很正常，總是會有雙方時間無法配合的時候。」

「可是，你應該也覺得她好像有所隱瞞吧？」

「不對，那可能只是我的說法有問題。她的那種反應說不定根本沒有不對勁的地方。」

「不，我一點都不覺得你的說法有問題，可是……唉……」

昴重重地嘆了口氣，我深切感受到那種痛楚，無法繼續說出安慰他的話語。

進到大學後，昴遇到長谷部同學，對她展開猛烈的攻勢，好不容易才開始交往。

昴原本過得十分幸福。

幸福到我覺得看了很煩的地步。

我不認為長谷部同學是迫不得已才接受昴的感情。

他們兩人總是笑得很開心，看起來也很登對……別說分手了，我甚至無法想像他們吵架的樣子。

（就算一對情侶看起來相處得很好，也不見得永遠不會出問題呢……）

這讓我也跟著感到有些沮喪。

我一方面是在為昴擔心，另一方面也想到自己。

話雖如此，我畢竟只是個外人。如果要解決這個問題，昴跟長谷部同學這兩位當事者的想法才是重點。

畢竟現在這個時間點，實在沒辦法判斷這只是我們想太多了，還是問題其實更為嚴重。

（不過，以現在的情況看來，我覺得昴的想法太過消極，希望能有個契機讓他重新振作起來。）

儘管我是這麼想的，但也只能當個旁觀者。

不知道這種結果算是如我所料，還是跟我擔心的一樣……反正我算是完成昴拜託的任務了，只是事後的感覺不是很好。

◇◇◇

後來，昴和長谷部同學還是沒能重修舊好，而我抱持的煩惱當然也沒有解決，只有時間不斷流逝。

唯一的好事，就只有我幾乎不用擔心過年後的期末考與報告了吧。

考試範圍與報告的題目都已經揭曉，因為我過去一直有認真來上課，就算不用費心準備，應該也能順利過關。

就這層意義來說，我現在的心情或許有稍微變輕鬆了，但也只是稍微而已。

「呼……」

因為與課業無關的疲勞，我在下課後嘆了口氣，同時收拾東西準備回家。

這時某人在我背上拍了一下。

「嗨，白木。」

「大黑，是你啊。」

這個來找我說話的傢伙，是同樣就讀經濟系一年級的大黑健一。

他是室內足球社的社員，也是跟我一起出去玩過好幾次的朋友。

「你明天有空嗎？」

「明天？……這種問法怎麼好像有點可怕？」

「你想太多了啦！」

大黑露出爽朗的笑容，輕輕拍了拍我的肩膀。他好像心情不錯的樣子。

我明天不需要打工，在時間上算是有空。可是看他這種樣子……我有種不好的預感呢。

「大黑，你應該先告訴他要做什麼吧？白木都被你嚇到了。」

「咦？橋本，你也來啦。」

「白木，你好啊。」

與大黑同樣都是經濟系學生的橋本智也也來找我了。

橋本跟我一樣沒有參加社團，把空閒時間都花在打工上……記得他好像是在居酒屋打工。

雖然他們兩個本來就經常一起出現，卻不知為何讓我提高警覺。

「其實明天……我們要去聯誼。」

「聯誼？」

聽到橋本的說明，我也跟著說出這兩個字。

我知道聯誼是什麼樣的活動，就是好幾位男生跟女生聚在一起，大家一起飲酒作樂。不過，因為不曾參加過那種活動，所以這完全是我先入為主的刻板印象。

「其實是我們原本找的另一個人突然身體不適，現在人數不太夠。」

「呃……也就是說，你們要我去湊人數嗎？」

「雖然說成湊人數不是很好聽，但事實就是這樣沒錯。」

橋本露出苦笑，同意了這個說法。

「白木，我記得你沒有女朋友對吧？反正聖誕節就快要到了～要不要趁這次機會趕快交一個？其實這也是我們舉辦這場聯誼的主旨！」

「咦？大黑，我記得你上次不是說在室內足球社裡有個心儀的女孩嗎？」

「嗚……你不要再說了！」

「哈哈哈，白木，你說到他的痛處了。」

大黑痛苦地按住自己的胸口。

光是看到這個動作，我就完全搞懂發生什麼事了。

看來他們舉辦這場聯誼，也是為了安撫大黑那顆受傷的心。

（不過……這還真傷腦筋呢。）

因為我已經有小朱莉這個女朋友了。

老實說，我這個有女朋友的傢伙，應該不適合參加這種聚會。

當然了，他們兩個並沒有錯。

因為我早就交到女友這件事，還沒有告訴他們，所以大黑才會說出剛才那句話。

（不過，大黑才剛失戀沒多久，我實在很難當著他的面說自己有女朋友了。）

這肯定會讓他感到嫉妒，對我追根究柢問個不停。

如果讓他知道小朱莉明年打算來讀這間大學，八成會一直挖苦我。

不管是對我還是小朱莉來說，這肯定都是不樂見的事情。

「白木。」

當我為此煩惱的時候，橋本神色尷尬地向我搭話。

「其實……為了明天那場聯誼，我在自己上班的居酒屋訂位了。」

「哦，這樣啊。」

「然後，女生那邊的主辦人是我打工的同事。」

「嗯。」

「其實我想要把她。」

「原、原來如此。」

橋本對我如此坦白。

他似乎打算辦好這場聯誼，期待能有機會與女方的主辦人擦出火花。
完全能夠感受到他無論如何都想辦好這場聯誼的決心。
（現在更難拒絕了……！）
就算我拒絕，他們肯定也只會去找別人。
不過，如果我要拒絕，就必須有適當的理由。要是毫無理由就拒絕，他們可能會覺得我是個討厭的傢伙。
即便我很確定應該避免在這種時候說出自己有女朋友，但又無法立刻想到……不會讓人反感的理由。
大黑和橋本都是我的朋友。老實說，我很想答應他們的要求，可是……
（是不是該請他們讓我考慮一下？不過，我這樣可能會占用到他們的時間，讓他們不方便先去找別人……）
我就這樣走進沒有出口的思考迷宮。
就在這時……有個男人突然插嘴，打亂了現場的氣氛。
「事情我都明白了！」
「咦！」
「宮前！」

「你什麼時候聽到的！」

「你們竟然把我丟在一邊，策劃這麼有趣的事情……我也要參加聯誼！」

這位不速之客就是昴。

他露出奸笑，看起來好像很開心的樣子。

「等等，你有女朋友了吧……」

大黑用怨恨的眼神瞪著昴。

看來他們果然不打算邀請有女朋友的傢伙。

可是，就算面對這樣的眼神，昴也毫無畏懼。

這傢伙該不會……！

「嘿嘿嘿……我要暫時忘記這件事。因為我也想去參加一次聯誼看看～」

「你竟然這麼想參加啊……等等喔。」

大黑似乎想到了什麼，托著下巴陷入沉思。

「如果讓有女朋友的男生參加，就等於少了個競爭對手……這樣或許也能稍微降低讓白木參加的危險性……」

……我參加會有危險？

好像聽到有些可怕的言論，難道是想太多了嗎？

「橋本，你覺得呢？」

「反正這本來就是一場四男四女的聯誼，如果現在就能決定好參加者，我倒是沒有意見。」

「很好，就這麼決定了！」

他們竟然擅自就決定了！

「兩位，明天萬事拜託了喔。」

「沒問題！」

於是因為昂來搗蛋，我明天的計畫裡多了一場聯誼。

不過，畢竟是我自己拿不定主意，遲遲無法拒絕人家，所以也不打算怪他，但還是覺得昂有些不太對勁。

雖然要說他恢復正常也不是不行。

因為事情都已談妥，大黑與橋本就先行離開了。

我跟昂依然留在教室裡……我立刻質問昂。

「你到底在想什麼啊？」

「我怎麼了嗎？」

「你還好意思問……」

「如果要幫大黑與橋本實現願望，讓我們這種絕對不會與他們為敵的傢伙參加不是比較好嗎？」

雖然昴這麼說確實不算錯，但我還是無法輕易贊同。

「你已經跟長谷部同學談過了嗎？」

「這個嘛……」

昴明顯不敢正眼看我。

這傢伙……

「只、只是參加聯誼又不能算出軌。我只是想體驗一下那種氛圍……因為很久不曾參加那種愉快的活動了。」

昴無力地垂下肩膀，對我說出真心話。

我猜他肯定是聽到好像很有趣的事情，就一時衝動來湊一腳了吧。

因為這確實是昴的作風，所以我並不感到驚訝……

「更何況到時候你也在場，我又不可能在你面前亂來！畢竟我是你的摯友！也是大舅子！」

「你現在就說大舅子也未免太早了吧……真是的……」

我很清楚現在責備他毫無意義。

再說，要我現在才拒絕人家，也確實於心不忍。

既然事情變成這樣，為了大黑、橋本與昴著想，也只能設法讓聯誼順利結束了。

儘管我也毫無經驗，還是要努力不讓心情受到影響。

「昴，不管怎麼說，就算等到聯誼結束再去也行，你要去跟長谷部同學好好談談喔。」

「嗚……」

「老實說，我覺得應該沒有其他方法能排解你心中的煩悶了。」

「……我知道了啦。」

雖然昴不太情願地嘟起嘴巴，還是點頭答應了我的要求。

這傢伙應該也明白這個道理，只是還無法鼓起勇氣。

我覺得這次聯誼就是個好機會。只要能讓他稍微感受到歡樂的氛圍，他應該也能獲得幹勁。

（不過，要是讓長谷部同學知道這件事，後果應該會很可怕……畢竟她也知道我有女朋友了，我跟昴應該都會挨罵吧……）

我不由得想到最壞的結果。

說不定我的心態也早就變得消極了。

也許就是因此才會一直想不到該怎麼處理自己跟小朱莉之間的問題。

（不知道這場聯誼能不能讓我的心態變得更積極？）

沒錯，我要學會積極思考。

我完全不打算背叛小朱莉，就只是去幫助朋友。

還有就是類似去見識一下未知的世界？畢竟聯誼會場是居酒屋，就算沒有要喝酒，也給我一種大人世界的感覺，讓我有些感興趣。

要積極思考才行。

我不斷這麼告訴自己，就像是在唸咒語……會想變得更積極，八成也是因為知道自己最近一直很消極，想到這點就忍不住苦笑。

◇◇◇

時光飛逝……很快就來到隔天了。

我在家裡找出一套最整潔清爽的衣服並穿上，然後就跟昴會合，兩個人一起前往會場。

從車站出來走了五分鐘左右，我們抵達那間居酒屋。

我以前很少來到這附近，好像有許多社會人士會來這裡用餐，這裡有各式各樣的餐廳，從全國連鎖店到個人經營的店家都有。

「其實我經常來這裡吃晚餐呢。」

昴得意地挺起胸膛。

畢竟這傢伙基本上是個外食族，應該有不少機會來這裡用餐吧。

相較之下，我最近都自己下廚，之前也都是吃超商便當之類的東西，所以總是覺得沒事在外面用餐有些太貴了。

總之我一邊跟昴閒聊，一邊站在店門口等待，大黑與橋本沒過幾分鐘就到了。

「嗨！白木！宮前！今天真是好天氣呢！」

「不好意思，今天突然找你們出來。謝謝你們願意幫忙。」

大黑跟橋本輪流如此說道。

他們兩個人站在一起，讓我覺得大黑這位主角看起來有些興奮。

他露出充滿鬥志的表情，一副絕對要在今天交到女朋友的樣子，但又好像想到有了女朋友以後的事情，突然露出暗爽的笑容。

我苦笑看著他，然後突然想起一件有些在意的事情。

「對了，橋本。」

「嗯？」

「我記得大黑昨天好像說讓我參加會有危險，那句話到底是什麼意思？」

「啊……那個啊。如果我說了，你可能會覺得不舒服。」

「早在他說我很危險的時候，我就不可能覺得開心了吧？」

「啊哈哈，說得也是。」

聽到我這樣抗議，橋本露出愧疚的苦笑。

「那是因為他覺得你這個對手有點太強……」

「啥？」

「以大黑的立場來說，當然不希望競爭對手太過強大。不過我身為這場聯誼的主辦人，如果帶優秀的男生來參加，就能得到更高的評價，所以這倒不是件壞事。」

「呃，你們是不是太看得起我了？」

「不過，我們早就知道你對談戀愛這件事不是很積極了。這點倒是讓我有些對不起那些來參加的女孩呢～」

「呃……」

我好像重新知道自己在別人眼裡是什麼樣子了。

其實我不是對談戀愛毫無興趣，就只是在這方面很遲鈍罷了，自從我交到女朋友……不，是自從有了喜歡的女孩後，就一直無法擺脫感情方面的煩惱。

「總、總之，我這次會在旁邊幫你們兩個加油的。」

「別客氣，如果你有看到不錯的對象，也可以試著發動攻勢喔。」

「啊……嗯，你說得對。」

我這個早就偷偷交到女朋友的傢伙，就只能用這種模稜兩可的話敷衍過去。

「很好，那我們差不多該進店裡了。女孩子會晚點到，可以先召開作戰會議！」

我們在橋本的帶領之下走進店裡。

第一次來到居酒屋讓我有些緊張，但橋本原本就在這裡打工，步伐當然也顯得輕鬆自在，就像是回到自己家裡一樣。

我們的座位似乎早就決定好了，就這樣被帶到店裡的包廂。

包廂裡擺著一張坐得下八到十個人的長桌，桌子底下有讓人放腳的凹槽。

「喔～！看起來不錯耶！」

「今天剛好沒人訂位，我又有先付訂金，就順利借到這個包廂了。不然我們這些未成年人本來是借不到包廂的呢。」

橋本得意地挺起胸膛。

原來如此，這就是所謂的店員特權吧。

如果我去拜託伯父幫忙，他說不定也會借我場地舉辦這種活動……不，應該不可能吧。結愛姊肯定會拿這件事來尋我開心，然後我在各種方面就完蛋了。

「我坐在最裡面，再來是大黑……白木與宮前你們兩個誰要坐在中間？」

「那……我就坐在最外面吧！畢竟我可是氣氛大師！」

我不懂為什麼氣氛大師要坐在最外面……不過應該是因為坐在最外面才看得到所有人吧。

雖然我覺得最外面的座位好像比較安靜，也想坐在那個位置，但也不認為需要為此抗議，就這樣接受了這個安排。

既然昴這麼興奮，我也不需要潑他冷水。

「對了，橋本，對方都是些什麼樣的女生啊？」

大家都就座之後，大黑馬上就迫不急待地如此詢問。

「哦，女生那邊的主辦人是文學系的篠原，聽說這次要來的女生都是她朋友。」

「是喔～那不就都是些有氣質的文靜女孩嗎～」

「那只是你先入為主的偏見吧……」

大黑的腦袋裡好像已經充滿粉紅色的妄想了。我記得昴讀高中的時候也沒有這麼誇張。

「無論如何，我都要在這次聯誼中交到女朋友，度過最棒的聖誕節……！」

大黑再次幫自己打氣。

看到他這麼想和女朋友一起度過聖誕節的樣子，就能明白這件事對大學生來說有多麼重要。

「聖誕節啊……求，我問你。」

「嗯？」

昴在我耳邊悄聲說道：

「你跟朱莉這個聖誕節有何打算？」

「什麼……！」

因為我沒想到昴會在這種時候問這件事，不由得心生劇烈動搖。

「你不要現在問這個啦……！」

「因為啊，其實我一直很在意。不過，你不想說也很正常。畢竟這件事情還是個祕密呢。」

我當然早就告訴昴，要他顧慮到明年就會入學的小朱莉，不要告訴別人我們兩個正在交往的事情。

應該說如果我沒有對他澈底下達封口令，這件事應該早就連不認識我的人都知道了吧。

「嗯？什麼祕密啊？」

「呃……沒什麼啦！」

大黑似乎隱約聽到我們的對話，才會問這個問題，我慌張地隨口敷衍過去。

不過他好像沒有聽到重點，我為此鬆了口氣。

（昴這傢伙該不會早就看開了吧？）

仔細想想，這個名叫宮前昴的男人就算意氣消沉，也經常會突然就莫名其妙恢復正常。

雖然這次的問題比較嚴重，我無法置身事外，但可能不需要替他擔心了吧。

（不過，如果他打起精神了，那我也應該替他感到開心。即使他來煩我會很困擾就是了。）

儘管還是不明白上次打聽昴的事情時，長谷部同學表現出來的態度有何意義，既然昴振作起來了，那他應該會自己設法解決，而且也該讓他自己解決。

再來只要順利辦好這次聯誼就行了。

「哦，聽說女生們已經順利會合，準備好要過來這裡了。」

「天啊～！我開始緊張了！」
「我也是！」
聽到橋本這麼說，大黑跟昴都表現出緊張的樣子。
我不會再說什麼了。加油吧，氣氛大師。

我們就這樣等了幾分鐘。
「讓你們久等了～！」
女生們走進包廂。那個帶頭的女孩應該就是主辦人吧。
「好耶～！」
「歡迎妳們！」
昴大聲叫好，大黑也跟著拍手。
原來如此，這就是聯誼嗎？
看著那些女生輪流走進來，我心中不由得充滿感慨。可是——
「……咦？」
當我看到最後走進來的女生時，差點就忘記要呼吸了。
不，肯定不是只有我這樣。

我猜橋本、大黑與昴也一樣。

而且那女孩也不例外。

她睜大眼睛看著我身旁的昴，整個人僵住不動。

昴就這樣被她看著，臉色變得鐵青，腦袋也完全當機了。

「菜菜美，怎麼了嗎？」

身旁的女孩這麼問她。

她這才猛然回神，趕緊笑著說沒事，然後在女孩子那邊的外側座位，也就是昴的正面坐下。

（糟透了……）

我無法不這麼想。

昴本來應該能透過這場聯誼打起精神，與長谷部同學重修舊好才對。

事情本來就快圓滿落幕了……！

（想不到長谷部同學竟然會參加這場聯誼……！）

現實可說是糟糕到了極點。

看來地獄還不打算讓我們離開。

◇◇◇

聯誼正式開始後過了三十分鐘左右……整個活動順利到令人難以置信的地步。

雖然大黑與橋本剛開始的時候也被長谷部同學嚇到了，但發現昴跟長谷部同學沒有要當場吵架的樣子，就決定暫時不管他們兩人的事，立刻專心主持這場聯誼。

那些女生好像不知道長谷部同學跟昴正在交往。

不過，我們這些臭男生會知道這件事，都是因為昴不斷去跟其他經濟系的學生炫耀……既然長谷部同學沒有那麼做，那其他學系的女生不知道這件事也很正常。

大家都做過自我介紹後，就開始與自己身邊的人閒聊。

我們聊得還算開心，氣氛和樂融融，感覺不太像是來聯誼，更像是來參加慶功宴或是聚餐。

可是——

「…………」

「…………」

昴與長谷部同學在桌子外側面對面坐著，兩人之間的氣氛可說是冷到極點。

他們都沒有開口說話，但只要別人跟他們說話，還是會應聲……昴看起來甚至像是身體不舒服的樣子。

雖然不知道長谷部同學在想什麼，她偶爾會看向我，讓我害怕得不得了。

「白木同學？」

「咦，啊……大垣同學？呃，有什麼事嗎？」

其實我也想跟昴一樣陷入沮喪，卻無法如願以償。

至於原因……雖然這麼說不是很好，但這都是因為坐在我對面的女孩，也就是大垣祥子同學一直找我說話。

就跟橋本事前提供的情報一樣，大垣同學是政央學院大學的文學系學生，也是邀請長谷部同學來參加聯誼的人。

不過，其實她們兩人在大學裡不是很常在一起，就只是一起打工的朋友。

因為這些都是她自我介紹時說過的事情，我無法得知她是否知道長谷部同學有男朋友，而且那個男朋友就是昴……不過我覺得她應該不知情。

「你從剛才就一直很少說話，該不會是身體不舒服吧？」

「妳誤會了，我沒有不舒服。」

「那就好。因為早苗邀請我，才會頭一次參加這種活動。我還以為是自己說話太無聊了呢。」

「不，沒那種事。我反倒擔心是不是自己的說話技巧太差了。」

我確實還覺得腦袋一片混亂，但如果害得別人為我擔心，那就是我的不對了。

順帶一提，她剛才說到的早苗，就是女方的主辦人篠原早苗同學。

另一位參加者則是茂手木華同學。這四個女生都是文學系的學生。

因為橋本積極地找篠原同學說話，大黑也積極地找茂手木同學說話，結果必然會讓大垣同學變得孤立。

我猜就是因為這樣，她才會找我說話吧。

「對了，我曾經在校園參觀活動上看過你喔。」

「咦，真的嗎？我記得自己好像沒做什麼引人矚目的事情……」

「不對，我不是在批評！只是稍微看到你一眼罷了！」

大垣同學趕緊否認。

「該、該道歉的人是我。我的想法好像太消極了。」

我也趕緊向大垣同學道歉。

雖然我可能本來就不是那種積極外向的人，但總覺得自己最近有些太消極了。確實有遇到許多不好的事情就是了。

這樣大垣同學就太可憐了。得找些話題跟她聊聊……！

「大垣同學，聽說妳也在打工是嗎？」

「嗯，因為我自己一個人住……既然你這麼問，難道白木同學也有打工嗎？」

「我在一間咖啡廳打工。」

「天啊！你好潮喔～！」

「好、好潮？」

「就是時尚帥氣的意思！我是在服飾店當店員。」

「這樣啊……那妳應該比我還要潮不是嗎？」

「你錯了，這兩種潮不一樣喔。」

大垣同學開心地笑了出來。

她似乎是個很健談的人。表情豐富，個性也開朗，感受不到男女之間的隔閡。

「你是在車站前面的咖啡廳打工嗎？」

「不，那間咖啡廳不是很有名，只是我伯父經營的獨立咖啡廳。」

「原來如此～」

「不好意思借用妳的問題，請問妳是在哪一間服飾店打工？」

「哈哈哈，我是在全日本最有名的服飾專賣店打工喔。」

說到全日本最有名的服飾專賣店，腦海中立刻浮現一個很有名的紅色商標。

聽到她這麼說，我才想起長谷部同學好像也說過這件事。

「順帶一提，雖然剛才自我介紹的時候就說過了，其實菜菜美也跟我一起在那裡打工喔。菜菜美，妳說是不是？」

「嗯。」

長谷部同學好像有聽到我們的對話，露出和藹可親的微笑。

因為她那虛假的笑容太過完美……我只覺得非常可怕。

「咦？哎呀，菜菜美怎麼都不說話……不，妳是不是都沒吃東西啊？」

「啊哈哈……因為我剛好不是很餓。」

「這樣啊，對不起，都怪我突然找妳過來。」

「沒關係，妳不必放在心上。」

她們兩人說著意味深長的對話。

當她們交談的時候，昴還是一副心不在焉的樣子，化身為只會默默地把眼前的料理放進嘴巴的機器。這就是氣氛大師（自稱）的末路嗎……

「哎呀，那個男生……記得他是宮前同學吧？怎麼好像沒什麼精神的樣子？」

「咦……？」

「啊，其實這傢伙……最近遇到了一些不愉快的事情！妳不需要理他也沒關係！反正他遲早都會振作起來！」

「真的嗎？」

雖然大垣同學也故意做球給昴，但我想他現在應該接不住吧。

反倒覺得別在長谷部同學面前隨便刺激他比較好。

「對、對了！大垣同學，妳最近有什麼興趣嗎？」

「咦？興趣？白木同學，你是不是對我很感興趣啊～？」

「呃……是、是啊，我想說難得有機會認識，也想聽妳聊聊自己。」

很遺憾，我不擅長在這種場合跟別人聊天。

幸好大垣同學是個很擅長聊天的人。

即便我不擅長聊天，她也能夠好好配合，主動聊起她最近喜歡看的漫畫，讓我能夠輕易接話。

以一群年輕男女在居酒屋聚會的話題來說，這個話題可能太過平凡無奇，但我們還只是一群不能喝酒的大學新生，這個話題說不定正好合適。

原本只有我跟大垣同學在聊漫畫，後來連大黑與茂手木同學，還有橋本與篠原同學也加入了。雖然隔了一段時間，最後連昴跟長谷部同學都加入對話……變成所有人都在聊這個話題。

橋本與大黑原本打算做些聯誼會做的事，準備好類似「國王遊戲」的活動了……但因為現在的氣氛還算不錯，而且那種難以預測的活動又很容易引爆昴與長谷部同學這顆地雷，他們因此打消了這個念頭。

畢竟雖然只是玩遊戲，誰也不會想要當著自己戀人的面，主動與其他異性做出親密的舉動。

他們兩人還願意踩下煞車可說是不幸中的大幸，讓不小心被推倒的骨牌在途中就停了下來，成功逃離全倒的命運……總之，我覺得這是值得慶幸的好事。

◇◇◇

「唉……真是累死人了……」

當大家順利聊開來，局勢也穩定下來後，我藉口說要去上廁所就暫時離席了。

總算可以喘口氣……其實我也沒有做出什麼特別的貢獻，但心情還是一直很緊張。稍微休息一下應該不算過分吧。

「嗨，白木同學。」

「大垣同學？」

我結束短暫的休息，從廁所裡走出來，結果馬上遇到大垣同學。

她好像不是來上廁所的。我猜應該是在等我吧。

「剛才真是辛苦你了～」

「咦？」

「因為我覺得你好像很關心他們……白木同學，以前有沒有人說過你這個人很好懂？」

大垣同學露出笑容，開心地如此說道。

她稍微彎著腰，探頭仰望著我的臉……有種被人捉弄的感覺。

「這個嘛……有些人會這麼說我，但也有些人沒這麼說過……」

「那你這次又要被人這麼說了喔……不過，我這麼說好像有些不公平呢。畢竟好懂的人不是只有你。」

大垣同學一邊苦笑一邊望向遠方。

在她視線的前方，正好就是我們的包廂……看來她似乎也發現了。

「今天是我邀請菜菜美過來的～我早就知道她有男朋友，但我們這邊有人在聯誼開始之前臨時退出。因為那女孩是我找來的人，才會覺得自己必須負責湊齊人數……

菜菜美應該算是所謂的暗樁吧。」

想不到……長谷部同學來參加這場聯誼的原因，竟然跟昴完全一樣。

不過仔細想想就會發現，她這麼做也不可能有其他的理由。這個理由十分正當。

「從菜菜美的反應看來，我猜那位宮前同學應該就是她的男朋友……對吧？」

雖然我稍微猶豫了一下，不確定能不能擅自說出這件事，然而現在的情況還是只能點頭。

「我們這邊也是一樣。因為橋本跟大黑臨時拜託我們來湊人數，才會參加這場聯誼。」

「該怎麼說呢，儘管我們都讀同一間大學……這個世界還真小呢。」

大垣同學嘆了口氣，無奈地聳聳肩膀。

她看起來像是覺得無奈，也像是在反省自己……但又像是感到開心。

「我猜你跟他們兩個都是朋友對吧？」

「是啊。原本就是因為我跟長谷部同學在同一堂課上認識，他們兩個才會……」

我不小心就說太多了。

或許是因為我原本以為是自己把大垣同學扯進這種奇怪的狀況，心裡覺得對她有些過意不去，後來又發現她其實跟我一樣，一時覺得鬆了口氣才會說出來吧。

「原來如此……」

大垣同學一臉嚴肅地不斷點頭。

然後她突然緊緊握住我的手。

「咦……！」

「白木同學，這件事只能拜託你幫忙了！」

「妳、妳要我幫什麼忙……？」

突然被女孩子握住手讓我嚇了一跳，心裡也小鹿亂撞。

看到我的反應，大垣同學繼續靠過來，探頭看向我的眼睛。

「我要幫他們兩個解開誤會！」

「解開誤會……」

「沒錯，不能讓他們的感情出現裂痕！」

大垣同學的雙眼閃閃發光，明顯充滿對我的期待。

也就是說，她打算把責任全推到我頭上！

「畢竟我不是宮前同學的朋友。我覺得這種事還是應該由明白雙方問題的第三者居中協調，才不會變得有失偏頗。」

她彷彿看穿了我的心思，立刻說出這個正當的理由。

我當然可以接受這個理由……卻覺得自己好像幫她扛起了邀請長谷部同學來參加聯誼的責任。

「……我當然也有這種打算。」

不過，我早就決定好要怎麼做了。

既然走到這一步了，我覺得自己有義務奉陪到最後一刻，不需要大垣同學告訴我，也明白這個道理。

「太好了。這樣就可以放心了！啊，對了！」

大垣同學露出微笑，從口袋裡拿出手機。

「那我們先交換聯絡方式吧。要是你有什麼需要，我說不定也能幫得上忙！」

「嗯，我明白了。」

因為沒理由拒絕，我點點頭就這樣跟她交換了聯絡方式。

我暗自祈求，希望自己不要有機會請她幫忙……不過，再來就是昴跟長谷部同學自己的問題了。

唯獨這個問題，只能祈禱他們兩人可以好好解決。

◇◇◇

原本還以為這場聯誼肯定會引起軒然大波，結果就這樣順利結束了。

雖然我覺得這就只是一場普通的餐會，但我們這些男生都覺得還算滿意，只有一個人例外。

我後來才知道橋本在這場聯誼中約到篠原同學，大黑也成功與茂手木同學交換聯絡方式。

畢竟要是把氣氛搞得很糟，讓聯誼以失敗收場，我也不會覺得好受，所以還是對這樣的結果感到很高興。

更重要的是，幸好昴跟長谷部同學這顆地雷沒有爆炸。不過，後來我還是主動踩下去了。

「要去續攤的人舉手～！」

橋本正要找人去ＫＴＶ續攤，我事前就拒絕他了，所以立刻拉著另外兩個問題人物的手離開。

「求，等等！」

「白木同學……」

昴慌張地如此說道，長谷部同學也無奈地小聲這麼說。

然後，我們在入夜之後變得熱鬧的大街上走了幾分鐘——最後總算來到四下無人的地方。

因為這裡剛好有個小公園，我就在裡面找了張長椅讓他們兩個坐下。

原本打算找間咖啡廳，但我們要談的話題很可能引起爭執，到時候事情就會變得很麻煩，才會決定讓他們兩個在外面把話說清楚。

我把他們兩個留在原地，自己走向自動販賣機，隨便買了兩罐飲料。

原本還以為他們會趁機逃掉，結果他們都有乖乖等我回去……只是好像完全沒有交談。

「拿去。」

「……謝了。」

「……謝謝你。」

他們接住我遞過去的飲料，但完全不願意看向對方。

看到他們兩個跟孩子一樣耍脾氣，我……並未感到焦急與無奈，只覺得很空虛。

對我來說，他們兩個是一對模範情侶。

就連我這個旁觀者都看得出來，雖然昴確實把這段感情看得比較重，但長谷部同學也接受了昴的感情，真心愛著這位男朋友。

因為我也交到女友了…………現在看到他們倆變成這樣，才會覺得更加空虛。

「…………」

「…………」

他們兩個遲遲沒有開口，只有時間不斷流逝。

在這種沉重的氣氛之中，總算有人率先開口……

「那個……我可以說說自己的事情嗎？」

就是我。

他們兩人同時看向我。

其實我在開口之前毫無想法。

可是，我想改變這種停滯的氣氛。

因為他們變成這樣，我實在看不下去。

「我也交到女朋友了。這應該早就告訴你們了吧？」

所以沒有先想好結論，就只是說出自己內心的想法。

我不是個擅長聊天的人，也沒有太多能聊的話題。

可是，如果我想要改變現在的氣氛……就只有這個話題有機會做到。

「我以前從來不曾像現在這樣喜歡上某人，更不曾與別人交往。一切經驗都是那麼陌生，每當遇到任何一件事，都會停下腳步陷入煩惱……」

我也不知道自己到底想說什麼。

但是，他們兩個都沉默不語，用認真的眼神看著我。

「你們也知道，我跟女朋友目前分隔兩地。她最近也很忙，我們很少有機會聯絡……所以我也會感到不安。」

擔心她可能會在不知不覺中就變心了。

因為我對自己沒什麼信心，覺得小朱莉會喜歡上我簡直就是奇蹟，而且還知道她是個很有魅力的女孩，一定有很多人喜歡她。

「我在前陣子看到她跟其他人說話，而且那些我不認識的傢伙顯然都很喜歡她。雖然覺得那很正常，卻也免不了感到嫉妒。因為那些人認識我所不認識的她，讓我擅自為此感到嫉妒，也為此感到不安……因為發現自己完全不了解她。」

我只是不斷說出心中的想法。雖然這些話很難為情，而且對方偏偏還是我女朋友的哥哥，但已經停不下來了。

「不過，後來我鼓起勇氣對她說出這樣的想法，才發現她也對我有著同樣的想法。我們因此得以消除彼此心裡的疙瘩，也變得更了解對方。」

我不斷說出浮上心頭的想法。

上次參加文化祭，我跟小朱莉在回家時走到四下無人的公園，在那裡的對話。

想起當時的事情，把這件事告訴他們兩個，同時也是再次提醒自己。

總覺得心中的煩惱好像也消散了——

「……總之，我想要告訴你們，就算繼續把心事藏在心裡，也絕對不會有想開的一天。你們應該都想知道對方怎麼會去那種地方吧？雖然我想事情應該沒那麼單純就是了……」

結果我就只是在多管閒事罷了。

雖然還能理解昂的心情，卻不曉得長谷部同學對昂懷有什麼樣的情感。

不過……就是因為這樣，我才會覺得他們應該互相攤牌，而不是繼續隱瞞自己真正的想法。

即使這可能會導致比現在更糟糕的結果，但是我認為他們兩個肯定能順利克服這一關。

「…………」

昂原本一直默默低著頭，不過他先是輕輕點了幾次頭，然後就下定決心看向長谷部同學——

「那個……小菜菜美，對不起！」

他深深地低頭鞠躬。

「我明明有妳這個女朋友了，卻還參加聯誼……真的很對不起！」

「這麼說我也……！」

聽到昴道歉，長谷部同學也跟著低頭鞠躬。

後來，他們立刻說出自己來參加聯誼的理由，也知道對方都跟自己一樣——只是被朋友找來湊人數。

「原來如此……」

昴放心地吐了一口氣。

「啊，別誤會！我從來不認為妳是真心想要參加聯誼喔！只是覺得這其中可能有什麼我無法想像的重要理由……」

雖然昴趕緊這麼說，但他突然看了我一眼，然後大大地嘆了口氣。

他重新整理好心情，換上認真的眼神。

「抱歉……其實不是只有聯誼這件事。」

昴露出尷尬的表情，還是筆直地看著長谷部同學的眼睛。

「我一直都在懷疑妳。因為妳最近對我愛理不理，才會覺得妳可能變心了……」

「咦……？」

「我真的很遜呢。也不懂自己為何這麼容易感到不安，但只要想到妳可能討厭我了，就不敢直接問妳有何想法，只敢拜託求偷偷打聽……」

昴弱弱地如此懺悔，整個人看起來比平時還要嬌小。

長谷部同學靜靜地低著頭，聽昴說著這些話。

「原來如此……白木同學當時來打聽我們之間的事情，就是因為你去拜託他幫忙對吧？」

「抱、抱歉。」

「沒關係，因為我確實有故意躲避你。」

長谷部同學開口道歉，也坦白承認她有故意躲避昴。

因為他們離得很近，絕對不可能聽錯，昴因此露出大受打擊的表情。

「故意躲避我……為、為什麼？」

「那個……我是不是非說不可？」

「如果妳有難言之隱就算了。不過，我肯定會往不好的方面去想……」

昴已經講到快要哭出來了。

我能體會他的心情。完全可以體會。

只要想到換成自己遇到這種狀況會是什麼樣的心情……就覺得他還能保持平靜已經很厲害了。

聽到昴這麼說，長谷部同學無奈地開口：

「……其實我又去做其他打工了。」

「為、為什麼？」

「因為……你不是也開始打工了嗎？」

「是、是啊。」

「因為你告訴我這件事的時候看起來很開心，我懷疑你怎麼會去打工……覺得你可能是想要送我聖誕節禮物。」

「什麼！」

昴大吃一驚，因為他本來是想給女朋友一個驚喜，結果輕易就被看穿了。

畢竟他是突然開始打工，而且還得意洋洋地報告這件事，會被看穿也很正常……一切都是他自己的問題。

「所以，我才會想說如果你要送聖誕禮物，那我也想送禮物給你……」

「……咦？」

昴一臉茫然地叫了出來。

長谷部同學羞紅了臉，而且幾乎都要發出臉頰噴火的聲音了。

「小、小菜菜美，原來妳打算送禮物給我嗎！好、好開心……！」

「嗚嗚……原本是想要給你一個驚喜的……」

「可是，如果妳只是要送我禮物，為什麼需要故意躲避我？」

「因為……如果跟你在一起，我就會忍不住想說出這件事……！」

長谷部同學的藉口實在是太可愛了。

她也是頭一次送聖誕禮物給男朋友，所以心裡既緊張又興奮。

昴看似要送禮物給她，也讓她覺得很開心，每次跟昴碰面的時候，她似乎都得拚命忍耐，才能不偷笑。

她還發現如果要避免這份驚喜提前破功，避不見面就是最好的方法。

因此，就算昴找她去約會，她也一直委婉地拒絕，同時努力打工存錢，準備在聖誕節當天給男朋友一個驚喜。

聽到這種赤裸裸的告白，現場再次陷入沉默。

因為事實真相與原本做好的最壞打算天差地別，昴的腦袋應該還反應不過來吧。

至於我……則是覺得自己待在這裡實在很尷尬。

因為我完全就是個外人，根本不應該待在這裡，總覺得自己好像是個不懂得看氣氛的傢伙——

「也、也就是說，昴的擔憂完全就是一場誤會吧！畢竟你們參加聯誼也只是一場意外！」

我努力扮演一個站在講台上的主持人，先暫時做出這樣的結論，準備退場讓他們自己慢慢聊。

結果就跟我想的一樣，他們果然是一對天造地設的情侶。

要是我繼續待在這裡，不管是我還是他們都不好受。

當然了，因為其中一個讓我煩惱不已的問題，在今年底完美地解決，所以現在只覺得心滿意足。

「抱歉了，求。給你添了許多麻煩……」

「笨蛋，你該道歉的對象不是我吧？」

「嗚……你說得對。小菜菜美，抱歉。」

「沒關係，我才要向你道歉。因為只考慮到自己，完全沒想過你會做何感想。」

這樣昴應該就不會變得疑神疑鬼，長谷部同學也不會因為他做出讓人懷疑的行為了吧。

雖然他們因此在聖誕節少了一份驚喜，但我覺得這也算是一件好事。

「那我要走了。你們兩位年輕人自己慢慢聊吧。」

確認問題得到解決之後，我故意挖苦他們兩個，然後就離開了。

儘管聽到昴的叫罵聲從身後傳來，但他很明顯只是要掩飾自己的害羞。

我沒有回頭，臉上自然露出笑容，就此踏上歸途。

即便不知道他們倆後來怎麼樣了，不過我的手機沒有收到訊息，可見他們肯定度過了一段甜蜜的兩人時光。

第4話

關於問題變得更為複雜這件事

下星期終於就是聖誕節了。

我來到正忙著打聖誕節商戰的購物中心，挑選要送人的禮物。

以前從來不曾認真挑選聖誕禮物，根本不知道可以選擇的禮物居然有這麼多。

不用說也知道，最適合送給每個人的禮物都不一樣。

而且聖誕節還跟生日一樣，給人一種要送什麼禮物都行的感覺，可說是每年都能體驗兩次的樂趣……雖然只有小孩子會這麼想就是了。

（如果跟情人節就要送巧克力一樣，聖誕節也有固定要送的禮物，我現在就不用煩惱了……不過，那樣其實也有麻煩的地方。）

畢竟讓對方開心才是首要的事情。

正因為如此，我才會煩惱這麼久。

而且是要送給小朱莉。因為聖誕夜就是她的生日，想不到該送什麼禮物給她。

有句話叫做「雙喜臨門」，但小朱莉可是每年都要同時迎接生日與聖誕節，她可能早就有過只收到一份禮物，或是同時幫她慶祝這兩個重要日子的經驗。

如果是這樣，我應該幫她準備兩份禮物。不過，我的財力畢竟有限，沒辦法做到最好也很正常。

還是先送一份禮物，另一份就留到改天……不，這樣好像是要故意拖延一樣，所以也不是個好主意。

我甚至不明白小朱莉想要什麼樣的禮物。為什麼之前跟她在一起的時候，沒有先問過她呢？

因為腦袋裡要想的事情實在太多，即便我在購物中心裡看了許多種商品，也完全沒有留下印象。

到頭來，即使聖誕夜就快要到了，我也還是找不到答案，不知道自己是要陪她度過生日與聖誕夜，還是要只送禮物過去，然後打電話向她祝賀就好，努力不去破壞她讀書的心情。

雖然我只是隱約有種想這麼做的想法，但那種想法也變得愈來愈明確。

看到昴與長谷部同學談心的樣子，就讓我想起跟小朱莉一起度過的日子，隱約明白自己的真實想法，也知道該怎麼做了……大概啦。

可是，我還是無法下定決心。心裡明明有答案了，卻因為愛操心與優柔寡斷這些缺點阻撓。

不過，我很確定自己必須送禮物給她……但這種想法也可能只是不得不的結果，或許僅僅是一種比較輕鬆的選擇。

「唉……」

現場充滿熱鬧快活的氛圍，只有我一個人在嘆氣。

現在又多了個煩惱，不知道自己是該就此打道回府，還是要再多逛一下。就在這時……我的手機發出震動。

震動一下子就結束了。應該不是電話，而是收到訊息了吧。

我懷著這種想法拿起手機查看，發現是小朱莉傳訊息給我。

這則訊息並不長，只寫著「你現在方便講電話嗎？」這句話。

雖然這種訊息以前不會讓我感到奇怪，但考慮到我們最近很少有機會講電話，就覺得這通電話一定很重要。

「當然可以喔。」

我如此回覆，然後快步走到其他地方。因為如果要講電話，這裡實在有點吵。

小朱莉很快就看到我的訊息，沒多久後就打電話過來了。

我感覺手指變得莫名沉重，但還是立刻接聽電話。

「喂、喂？」

『嗚，啊……喂，學長。』

因為覺得莫名緊張，我們說起話來都不太自然。

可是，久違聽到她的聲音還是很開心，也變得更不知道該怎麼說話。

『對不起，我這樣突然打電話給你……』

「沒關係，我完全不在意。小朱莉，妳最近過得好嗎？」

『啊，我很好！身體健康到不行！』

「這樣啊，那就好。」

雖然心裡很緊張，但我很快就冷靜下來。總覺得有種鬆了口氣的感覺。

『學長最近過得好不好？』

「嗯，我這邊還是老樣子，勉強還算過得去。」

『這樣啊……』

她的聲音聽起來好像沒什麼精神。

這該不會跟她打電話給我的理由有關係吧？

我的腦袋裡並沒有一個具體的想法，還是變得不太敢詢問理由。

『那個……其實我這次打電話過來，是因為有話要對你說……』

小朱莉小心翼翼地說道。

我覺得她不是故意要賣關子，而是還在猶豫該不該說出來。

「妳、妳說吧。」

即使我不太敢聽，也不可能不讓她繼續說下去，只能吞下口水，緊張地點頭。

我是不是做了什麼讓她感到不安的事情？

難道是我正在煩惱的聖誕節問題嗎？還是與這完全無關的問題？

不對……我們原本就愈來愈少聯絡了。就算她因此感到不安，也不能責怪她。

（說不定最糟的狀況，她早就變得不再喜歡我，想要跟我分手……）

我瞬間變得面無血色。

怎麼辦？是不是應該阻止她比較好？可是，就算不讓她說出來，她也不可能因此改變心意。這樣不但只是讓問題拖得更久，甚至有可能變成火上加油……！

到頭來，即便內心如此糾結，我也還是無法阻止她。

隔著電話聽到小朱莉調整呼吸的聲音。不管是打這通電話，還是說出接下來要說的話，對她來說肯定都是需要勇氣的事情。

我實在不能因為自己不敢聽這種沒出息的理由，就不讓她繼續說下去。

『學長……』

「……我在聽。」

『你……是、是不是……嗚……』

「小朱莉？」

我隔著電話聽到她快要哭出來的聲音。

難不成她在哭嗎！

「怎、怎麼了？如果妳覺得很難開口，也可以不用急著現在說——」

『不、不用了……我沒事。』

小朱莉這麼拒絕，同時吸了吸鼻水。

如果我就在她身旁，說不定還能做些什麼，但隔著電話實在讓人覺得很無力。

『那個……學長……』

小朱莉像是要再次挑戰一樣，開始說出她打電話過來的理由。

即便說得吞吞吐吐，她還是很努力……我只能默默地等她說完。

然後——

『你是不是……是不是已經不喜歡我了……？』

「………咦？」

不喜歡？她是說誰不喜歡誰啊？

難道是我……不喜歡小朱莉嗎！

「等等！妳到底在說什麼啊！」

『我都聽說了。聽說你去參加聯誼……』

「咦！」

小朱莉怎麼會說出這種話！

她怎麼會知道我參加聯誼的事……等等，同樣有參加那場聯誼，而且還能告訴小朱莉這件事的人，全世界也只有一個。

『哥哥都告訴我了。他說你們兩個一起去參加聯誼……』

「這、這個嘛……」

畢竟這是事實，我也無法否認。實在想不到昂竟然會告訴小朱莉這件事。

「可是！就算我們確實有參加聯誼，也絕對不是妳想像中的那種活動！」

『不過，確實有去對吧……？』

「嗚……！」

糟了。我應該先說出我們參加聯誼的原因，而不是我們在聯誼中做了什麼！

「我、我確實有參加聯誼，但不是自願要去，而是因為……因為朋友實在找不到人，才會拜託我去幫忙湊人數！」

我拚命向她解釋，試著挽回她的心。

可是，我覺得自己好像有點太過拚命……聽起來會不會更像是在找藉口啊？

「總之！我絕對沒有不喜歡妳！這點請妳一定要相信我！」

『……嗯，我相信你。所以我……』

小朱莉吞吞吐吐地說道。

然而，即便隔著電話，我也聽得出來這不是她的真心話。

『……沒事。學長，對不起！我不該問你這種奇怪的問題！欸嘿嘿！』

「小、小朱莉……」

『我可能是有點累了！不過，久違聽到你的聲音，現在又充滿精神了呢！』

雖然無法接受我的說法，小朱莉還是假裝自己很有精神，不想讓我為她操心。

她那無謂的努力讓我心痛，不過我覺得不管現在對她說什麼，都只會讓她更費心，所以我也不知道該如何是好。

『對不起，我不該為了這種奇怪的事情打電話給你！其實我……不，我沒事。那我要掛電話了。學長再見！』

迅速說完這些話後，小朱莉就自顧自地掛斷電話。

「啊……」

當我回過神的時候，耳邊只剩下切斷通話的通知聲。

「該、該怎麼辦才好……！」

她完全誤會了。

我當然不是因為討厭小朱莉，才參加聯誼。

而且那件事在我心目中早就徹底結束了，雖然那只是前陣子的事情，但我從未想過那件事會傳到小朱莉耳中，害她為此感到不安。

我想要立刻重新打電話給她。

可是，就算真的打電話過去，我也不知道自己該說什麼，而且覺得就算說了也無法解開誤會，更是不敢踏出這一步。

「我明明不可能討厭小朱莉……」

為什麼事情總是這麼不順利？

在購物中心裡聽到的聖誕歌曲聽起來異常刺耳，我沒買禮物就直接回家了。

◇◇◇

後來又過了兩天。

小朱莉沒有主動聯絡，而我也在煩惱是否該聯絡她，就只有時間不斷流逝，事情卻毫無進展。

其實我應該聯絡她才對。可是，要是沒想好該說的話就打電話過去，結果說了些毫無意義的藉口，恐怕只會讓情況變得更糟。

我這樣告訴自己，結果還是沒有行動。

「唉……」

「你又嘆氣了喔。」

「嗚……對不起。」

我今天又在打工的時候忍不住嘆氣，結果就被結愛姊唸了。

因為店裡還有客人，只唸了我一句，但早在店裡明明就有客人，我還這樣嘆氣的時候就已經相當糟糕了。

之前明明還能順利讓自己轉換心情……看來受到的打擊確實很大。

（早知道就請假休息了。）

現在後悔也來不及了。

我今天的表現顯然不好，只能一邊讓堂姊瞪著我，一邊祈求這段時間快點結束。

「求，你先不用打掃，過來這邊坐下。」

「……遵命。」

看來我還是不該祈求這段時間快點結束。

當最後一位客人離開，大門掛上寫有「CLOSED」的看板後，結愛姊就霸氣外露地叫我過去。

我知道她要說什麼，於是乖乖地在她指定的地方坐下。

然後結愛姊在我對面坐了下來，皺起眉頭狠狠瞪著我。

「你今天的表現好像糟糕過頭了喔。」

「嗚……真的有那麼糟嗎？」

「雖然你沒有犯下明顯的過錯，但也只是沒有犯錯。如果我是那種惹人厭的前輩，憑你今天這種表現還能拿到薪水，我可是會嚴重抗議的喔。」

「竟然慘成這樣……！」

結愛姊說話總是很直接，除了捉弄別人的時候之外，基本上不太會說謊。

我這次讓她說出這種重話，而且比上次惹她生氣的時候還要嚴重，可見我的表現確實糟糕到不行。

「……說吧，你這次怎麼了？又是因為小朱莉嗎？」

「嗚……對。不過不是又有問題，是上次的問題還沒解決。」

「你該不會還沒做出決定吧！」

「這是因為……後來事情又變得更複雜了。」

「啥？」

因為我的態度不夠乾脆，結愛姊不太高興地板起臉孔。

「你先說來聽聽看吧。這樣我才能給你建議。」

「可是……」

「可是什麼？事情都變成這樣了，難道你還想隱瞞嗎？放心吧，雖然很遺憾，但我早就不指望你這傢伙能理解少女心了。」

她這話還真是過分。不過，她應該也沒有說錯。

就連我這個完全不懂少女心的傢伙，也明白這次的事情有多麼糟糕。

如果情況允許，我一點都不想說出來……但看來是由不得我了。

「事情是這樣的……」

我把自己目前遇到的問題……也就是害小朱莉誤會的事情對結愛姊全盤托出。

也包括不知道該怎麼面對小朱莉這件事。

把煩惱全說出來後，我重新抬起頭來。

結果結愛姊……不知為何瞇著眼睛。

「結、結愛姊？」

「……這就是青春嗎？」

結愛姊小聲如此說道，然後重重地嘆了口氣，比我剛才挨罵的原因還要誇張。

「真好呢～感覺像是在演青春連續劇呢。」

「可是……」

「嗯，我知道。畢竟這對你們來說是個嚴重的問題。」

結愛姊聳聳肩膀，定睛注視著我。

「那你打算怎麼做？」

「咦？」

「別懷疑了，我上次不是也這麼問過你嗎？」

記得上次找她商量的時候，她確實問過這個問題。

「可是，這件事跟上次的事情……」

「沒有分別喔。雖然這次的事還有讓小朱莉變得憂鬱就是了。你該不會以為只要繼續保持沉默，問題就會自己解決了吧？」

「……我當然沒那麼想。」

如果我覺得什麼都不做就能解決問題，現在就不會這麼煩惱了。

而且也還在煩惱自己到底該怎麼做──

「我想要解開誤會……不，還不只是這樣。」

這樣只能回到她發現我參加聯誼之前的關係。

老實說，我想要跟小朱莉變得更親密。

正如我覺得她很重要一樣，希望她也能變得更重視我。

讓我們今後也能永遠在一起。

「既然你都想清楚了，那就沒必要煩惱了吧？如果每次碰壁都要停下腳步蹲著休息，內心肯定會受不了喔。」

「嗯……」

「沒有人的人生絕對不會失敗。大家都會遇到挫折，也會被誤會……但時間終究無法倒流，為了避免自己陷入後悔之中走不出來，讓事情變得更糟糕，我們就得做好目前力所能及的事情。」

時間無法倒流。現在後悔已經太遲了。

可是，至少我還能改變未來。

……雖然這種說法給人一種裝模作樣的感覺，但現實就是如此。

結愛姊說得完全沒錯。不管我有多麼煩惱，也不管我是否知道正確答案，都不能止步不前。

「不是有句話說，佛陀的臉也只能打三次嗎？」

「咦？好、好像是吧？」

「不過，我只不過是個充滿欲望的人類，可沒有佛陀那麼寬宏大量，所以頂多只能忍耐兩次吧。」

意思就是，如果我下次又為了同樣的問題陷入煩惱，她就不會原諒我了。

這讓我覺得她是個嚴厲的人，但那種果斷乾脆的態度，也使我得到救贖。

我還不習慣這麼認真地看待感情的問題，對很多事情都還一無所知。

會因為想到不確定的未來而感到畏懼，也會因為行事太過草率而傷害小朱莉。

我當然不認為這是好事。要是一直沒有長進，小朱莉遲早會對我失去信心。說不定這次的事情就是臨門一腳了。

決定權握在小朱莉手上。不過，我不想把問題全都丟給她，自己只是坐著等待。

就算我做出行動，也可能反倒讓我們之間的誤會變得更深……雖然我肯定會後悔，也還是好過就這樣什麼都不做。

「……好。」

我下定決心了。

打工時間結束後，我跟結愛姊討論了今後的班表，然後才踏上歸途，在路上打開手機。

桌布是我跟小朱莉的雙人照，這讓我感到心頭一暖，啟動了電話應用程式。

「喂，我有些事情想要問你，還要順便抱怨個幾句。」

聽到對方那種輕挑到有些誇張的聲音，我感到有些不爽，忍不住說了幾句不必要的怨言，然後才說出要談的正事。

其實我很早之前就想過要這麼做了。

雖然真的決定去做之後，還是感到不安，但早就被逼得別無選擇，現在反倒覺得輕鬆多了。

第5話 聖誕夜

「考前講座到此全部結束。祝大家有個美好的聖誕節。」

講師站在講台上如此宣言，為每次長達九十分鐘，總共舉辦了四次的私立文組大學考前講座畫下句點。

我看著那些坐在教室前方的座位，一下課就衝過去發問的熱情學生，憂鬱地嘆了口氣。

因為媽媽的推薦，才會來這間補習班上課。我覺得確實有學到東西，有機會跟實際考試時一樣長時間集中精神，也是個不錯的經驗。以準備考試來說，這應該可說是最棒的課程了吧。可是……

——祝大家有個美好的聖誕節。

講師應該是出於好意才這麼說，但那句話還是讓我為之心痛。

沒錯，今天是聖誕夜，同時也是我的生日。

可是……！

（結果我還是沒能向學長道歉……！）

除了考試之外，腦海中還有另一個巨大的煩惱。

那就是我跟學長的關係變得很尷尬。

而這件事的起因，就是在一星期前發生的事情。

◆◆◆

那一天，哥哥突然打電話過來。不過，他本來就經常莫名其妙打電話給我。

哥哥自顧自地說著自己的近況，而我則是當成聽廣播一樣，邊讀書邊隨便聽著。

『其實我昨天跟求一起參加聯誼了～』

「……咦？」

雖然我把注意力都放在書本上，還是清楚聽到那句話，無法隨便聽過去就算了。

「哥、哥哥，你是說跟學長去參加聯誼……」

『是啊。就在昨天～！』

哥哥後來又跟我講了許多事，像是他第一次踏進居酒屋覺得很開心，還有他覺得每個女孩子都很可愛，不過還是長谷部同學（哥哥的女朋友）最可愛等等，但我全都聽不進去——

（學、學長竟然去參加聯誼！怎麼會，為什麼！）

我現在腦袋一團混亂，根本顧不得讀書，整個人都快昏倒了。

不過，其中可能存在某種誤會。得先跟哥哥把事情問清楚才行……！

『嗯？糟糕，我該出門了！聽妳的聲音這麼有精神，我現在放心多了！讀書加油喔！再見！』

「咦？等等！哥哥，等一下！」

哥哥自顧自地說完後，就掛斷電話了。

手機發出空虛的電子音效。我立刻重新打過去……但他沒接。

我還傳了訊息過去，他連看都沒看！

「這人也未免太任性……！不、不過，他也可能只是想要開個無聊的玩笑！」

我試著這麼告訴自己，但如果要把這件事當成哥哥捏造的故事，又覺得有種莫名的真實感。

（我不想相信那種事，可是……）

萬一學長真的去參加聯誼……

難道是因為朋友邀請，而他又推辭不掉嗎……？

若是這麼回事，就不能怪他了。雖然還是不想讓他面對一群飢餓的野狼就是了。

不過，學長其實是因為已經厭倦我，認真想找個伴侶才會去參加聯誼，好像也不是完全沒有可能……！

（不，絕對不可能會有那種事……！這件事依然有可能只是哥哥編的故事！肯定是這樣！應該吧……）

我如此告訴自己。

然而就算我這麼告訴自己，也還是無從得知答案。

如果想要知道答案，就只能直接去問學長了……

「可是，這種話到底要怎麼開口啊！」

學長，你是不是去參加聯誼了？——要是我直接這麼問，聽起來就像是真的懷疑他出軌。

而且就算可以解開誤會，我這樣莫名其妙懷疑他，之後也很可能讓我們的感情出現巨大的裂痕。

「對了。可以去找小璃商量……不，我不能那麼做。」

要是小璃知道這件事，她肯定會二話不說就去質問學長。

到時候就算我不會有事，學長跟小璃的感情也會出現裂痕。

「嗚嗚……到底該怎麼辦……！」

我抱頭苦惱，根本沒有心思讀書。

我想要相信學長。可是我沒有那麼相信自己，不認為自己絕對不會被學長討厭。

因為我是個高中生……還只是個孩子。

在大學那種外面的世界，或許還有更多配得上學長的女孩。

雖然學長還是說他喜歡我，但我仍然感到愈來愈不安。

（我想跟學長見面。想看看學長的臉，還想摸摸他……這樣肯定就能放心了。）

我討厭自己的軟弱。

與學長之間的距離，讓我的心好痛。

之前只要能看到他的臉孔，心裡就會有股暖流，但我現在甚至覺得這種情感逐漸受寂寞吞噬。

「……不行。這樣只會沒臉去見學長。得更加努力才行。現在這樣還不夠……」

小聲如此說道的我重新看向書本。

可是，我再也找不回剛才那種專注力……連要解決一道題目，都要花上比平常多好幾倍的時間，結果連原本預定的一半進度都做不完。

◆◆◆

「怎麼辦？怎麼辦？該怎麼辦……！」

我在隔天就犯錯了。而且還是滔天大錯！

因為心情實在太糟糕，我甚至作了難以名狀的惡夢，結果……！

「為什麼我要打電話給學長啦——！」

我最後還是……應該說，自己很快就按捺不住，幾乎是想也沒想就打電話質問學長了！

也許是因為以前一股作氣就到學長的租屋處與老家都沒遇上問題，讓這些成功的經驗推了我一把，所以情緒低落到極點的我沒想太多就行動了。

我問學長是不是有去參加聯誼……在觀察他的反應後，也知道他確實有參加。

早在這個時候，我的情緒就已經跌落到谷底。

雖然學長有告訴我他參加的理由，但是我沒辦法完全接受，只能拚命裝出平靜的樣子。

然後時間就這麼過去——

我現在就像是一個老舊的氣球，整個人都洩了氣。

雖然覺得自己當時的應對還算妥當，但後來仔細想想，發現自己的聲音肯定有在顫抖，而且也幾乎不記得當時說了什麼話……所以學長絕對有發現我的言行舉止不太對勁。

事實上，就算我後來又傳訊息給學長，也一直覺得有些尷尬，無法正視他的臉孔……不對，我們當然沒有實際見面，這可能純粹只是我的錯覺！

（結果就連今天的事情，我也找不到機會告訴他……）

十二月二十四日終於到來了。

今年也與往年一樣，我們全家人準備聚在一起舉辦聖誕派對兼我的慶生會。

媽媽會拿出看家本領，在今晚準備一頓今年最棒的大餐。

雖然今年少了哥哥，但這個日子依然跟過去毫無分別。可是，我的心情與過去完全不同，只覺得很痛苦。

我不是想要學長幫我大肆慶祝。畢竟大考就在眼前，他很可能是為我的人生著想，才會不敢幫我慶祝。

可是，我好不容易才順利跟學長交往，要是他什麼都不做，還是會覺得寂寞。

心情搖擺不定，態度也曖昧不明，但又任性自私，只知道要求別人。

我很討厭這樣的自己。

「外面好像下雪了喔！」

聽到跟我上同一堂課的學生這麼說，我猛然回過神來。

現在可不能坐在這裡想事情。

要是太晚回去，爸媽也會擔心，而且還得複習今天學到的東西。

沒錯，現在可不能為了聖誕夜與生日這種事分心。

為了迎接過年後馬上就要到來的正式考試，現在應該分秒必爭努力讀書才對。

（下雪了……可是我沒有帶傘呢……）

記得天氣預報有說晚上會是陰天，但如果只是下雪，就算不撐傘應該也無所謂。

我重新圍好圍巾，走到補習班外面。

天空完全暗了下來，到處都是白色細雪。

街上比平常還要有活力，熱鬧的喧囂聲傳入耳中。

我無視這一切邁出腳步……但很快就停下來。

忍不住就停下腳步了。

（不會吧……！可是，我不可能認錯人……！）

彷彿只有那個地方被聚光燈照亮了一樣。

雖然我也嚇了一跳，還是認得出來。

路上有許多行人，差點就要看漏了，但我的眼睛不知為何還是擅自找到了他，心跳也跟著不斷加速。

過去只能遠遠看著他的時候也是如此。

現在可以和他牽手以後也是如此。

他對我來說就是這麼特別與重要……我的眼眶好像開始發燙了。

「……嗨。」

他原本不可能出現在這裡，而我也不認為他會出現在這裡。在發現他的同時，他也看到了我，踩著緩慢的步伐走到我面前，略顯尷尬地微微一笑。

「學長……？你怎麼會在這裡？」

「啊……」

學長的表情變得愈來愈尷尬，還伸手搔了搔頭。

然後他移開視線，一副正在思考藉口的樣子……但他很快就回過神來，輕輕搖了搖頭。

光是看到他的這種反應，我好像就明白他在想些什麼，心裡那種鬱悶的心情也消失了。

「因為我想要見妳。」

他稍微糾結一下後，給了我一個非常直率的笑容。

看到他露出那種笑容，我覺得他果然很帥，也有些可愛——

「嗚嗚……」

不過，那笑容更是讓我心跳加速，一句話都說不出來。

他說想要見我，讓我開心到快要跳起來，同時也令我感到不知所措。因為還是不明白學長怎麼會出現在這裡。

我忍不住捏了自己的臉頰。

「我不是在作夢……」

「啊哈哈，不好意思嚇到妳了。畢竟我完全沒說要來。」

學長露出關心我的笑容，把手伸了過來。

「要不要去散步一下？」

「好、好的！我很樂意！」

我急著點頭答應後，慌張地握住學長的手。

雖然我們兩人都戴著手套，沒有直接碰觸到彼此……但總覺得非常溫暖。

◆◆◆

學長說得像是臨時起意，卻踩著毫無迷惘的步伐走向某個地方。

（我記得這裡是……）

疑惑很快就變成確信。

這裡的人潮比剛才那條街還要多，而且更為熱鬧，也更為耀眼。

我也知道這個地方。這裡是知名的夜間景點，每年的這個時期甚至會有觀光客來參觀。

吊掛在路樹上的眾多燈泡無比耀眼，甚至有種還是白天的錯覺。

雖然這種說法很俗套，但這裡給人一種彷彿銀河就在眼前的感覺。

「哇……」

「小朱莉是第一次來這裡嗎？」

「不、不是！可是，我上次來的時候還是個孩子，不太記得當時的事情……」

「這樣啊。其實我是第一次來這裡。」

「咦？真的嗎！」

「總覺得這種故鄉的觀光景點隨時都能來，就沒有特別來參觀了。而且也沒人能一起來這種地方。」

學長有些難為情地笑了。

可是，他說沒人能一起來，就代表我是第一個能陪他來這裡的人……害我差點忍不住偷笑。

「不過，這裡比我想得還要漂亮壯觀……很慶幸可以跟妳一起來參觀。」

「我、我也是……」

學長露出天真無邪的笑容，我感到臉頰發燙。

之前參加煙火大會時也是這樣，學長在這種時候真的很直接呢！

「機會難得，我們就邊走邊聊吧。」

「好的！啊，不過這樣我就得晚點回家了，我可以先跟媽媽說一聲嗎？」

「對喔。抱歉，我沒想到那麼多。」

「沒關係，我很快就會搞定了！」

其實我也忘記這件事了。在離開補習班之前，明明就還記得。

（讓我想想，只說一句「我會晚點回家」應該就行了吧！傳送！）

傳了一則極為簡短的訊息給媽媽，然後立刻把手機收起來。

因為我正跟學長在一起，這段時間可說是個奇蹟，連一秒鐘都不想浪費。

「不好意思，讓你久等了！」

「不，沒關係。她同意了嗎？」

「呃……是的！」

不過，其實我覺得媽媽應該不會太在意這件事，就沒有等她回覆了。

為了避免學長繼續追究下去，我主動握住他的手邁出腳步。

看到我這樣，學長也沒有繼續追問我父母的事情。

他該不會發現我只是隨便敷衍吧？

我覺得學長好像比剛才更用力握住我的手，有一種彷彿在宣言「我絕對要保護好她，免得給她父母添麻煩」的感覺……不對，這很可能只是我自己的妄想！

我就這樣與學長手牽著手，走在閃爍著七彩霓虹燈的街道上。

雪花輕輕飄落，而且下得不是很大，就算不撐傘也沒關係。白雪反射著霓虹燈的光芒，在夜晚中顯得光彩奪目……描繪出十年也未必能遇到一次的白色聖誕節的夢幻美景。

想不到我竟然能跟學長共度這種美好的夜晚……！

「小朱莉，抱歉呢。」

「咦？」

「就是……那通電話的事情。」

「啊……」

我馬上就知道學長想說什麼了。

這也讓我明白自己當時的反應，果然深深傷了學長的心。

「我覺得只用電話跟妳解釋，應該只會讓妳感到更不安。」

「沒、沒那種事！學長，該道歉的人是我。都是我沒有好好聽你解釋……」

「不，小朱莉完全沒做錯事喔。還有就是……雖然這樣很像是在找藉口，還是希望妳能讓我再解釋一次。」

學長先這樣拜託我，然後就說出他們參加聯誼的來龍去脈，還有當時發生的事。

他說得很簡潔，而且過程中完全沒有停頓，讓我知道他應該在腦海中推演過這段話好幾遍了。

這種誠懇的態度我覺得很開心，嘴角也自然跟著上揚。

「呃……大致就是這樣。我絕對沒有討厭妳，反倒是對妳……」

「呵呵，我知道了喔。」

看到這樣的學長，我終於忍不住笑了出來。

「咦？」

「其實哥哥之前有跟我聯絡。他說是他害我誤會你。」

雖然這是不久前的事情，但哥哥後來又打了通電話來向我道歉。

他還告訴我學長只是被扯進那些事，而且學長還幫他與感情差點出現裂痕的女朋友和好了。

——求不是那種會背叛妳的傢伙！儘管我當初滿腦子只有自己的事情，不小心說了奇怪的話……總之這點還請妳務必相信！

想起哥哥當時拚命解釋的語氣，我再次笑了出來。

聽到我這麼說完後，學長驚訝地張著嘴巴愣住不動，但他很快就重新打起精神，大大地嘆了口氣。

「那傢伙……那樣拚命解釋，不是只會讓人覺得更可疑嗎……」

「呵呵，不過就是因為他太拚命，我才會覺得要是不相信他就太可憐了。」

「讓妳說成這樣，那傢伙也真是丟臉丟到家了。」

如此說道的學長聳聳肩膀。

然後他還告訴我。他原本想要向哥哥打聽我在聖誕夜的這段時間在哪裡，才會在當時順便說出我已經知道他們去參加聯誼的事情。

「我當時說出那件事只是想暗示他，既然是你多嘴害了我，就趕快說出你妹妹的下落，不要囉唆……想不到他竟然會那麼自責。」

「畢竟我哥哥不是那種有責任感的人呢。」

「是啊。他就是那種不管對什麼事都很隨便的傢伙……不過，我現在好像懂了。畢竟他每次只要遇到跟妳有關的事情，總是會變得特別認真。」

學長不斷點頭，一副終於想通的樣子。

「看來這次得感謝昴呢……」

「是啊，我早就知道你是懷著什麼想法去參加那場聯誼了。而且……」

嘴巴自己動了起來。

「在今天看到你的瞬間……我也明白你到底有多麼喜歡我了。」

「啊……」

學長再次露出驚訝的表情。

可是，他的臉這次完全紅透了。

「……不過考試馬上就要到了，結果我還是不確定這樣突然來找妳是否正確。」

「那種事不用想也知道吧！」

學長願意認真為我著想，還為了我做出選擇，才是最開心的事情。

就算他決定今天不要跟我見面，我肯定還是會這麼認為——

……不，這不是事實。

我沒辦法把話說得那麼好聽。

我……只是覺得可以跟學長見面很開心罷了。

光用開心這兩個字還不足以形容我內心的歡喜！

所以，學長選擇來跟我見面肯定不是錯的。

「……我好像只要跟學長在一起，就會變成一個壞女孩呢。」

「咦？」

「沒事！我什麼都沒說！」

這些真心話讓我有些難為情，實在不敢告訴學長。

自從在那一天遇見學長後，我的願望就一直沒有改變。

我想成為一個配得上學長的人，想讓他注意到我，還想要跟他在一起。

……所以，只要感覺到學長遠離，我就會變得心情低落。雖然我也知道這不是好事，但就是無法控制自己。

我體認到自己這種可說是依賴，既愚蠢又無比真實的面貌，就這樣陪學長散步。

我這樣應該算是放棄治療了吧。不過，心情不可思議地輕鬆。

「啊，學長！那裡有一棵好大的聖誕樹喔！我們一起拍張照片吧！」

「嗯。」

街道中央擺著一棵光芒四射的巨大聖誕樹。

看著這幅如夢似幻的光景，我忍不住拉著學長的手。

真希望這種幸福的時光可以永遠持續下去。

不只是今天，希望這種時光永遠不要結束。所以——

「那我要拍了喔！」

我開啟手機的前鏡頭，抱住學長的手臂，整個人緊緊貼在他身上。

把那棵聖誕樹拍進背景之中，但主角依然是我們兩人。

希望可以擷取這一瞬間的幸福，讓我們永遠都能不斷回味……我懷著這個願望按下快門。

◇◇◇

幸好我有過來。

看到小朱莉的笑容，我發自內心如此心想。

就連我為了掩飾害羞不小心說出的喪氣話，也被她當面否定，讓我懷疑自己當初何必那麼煩惱。

小朱莉牽著我的手走在旁邊，愉快地哼著歌。那是到處都在播放的聖誕歌曲。

「光是這樣散步，我就覺得很開心了呢。」

小朱莉突然對我如此說道。

其實我也在想同樣的事情。

這些霓虹燈不會隨著時間變化，總是展現出同樣的面貌。

換句話說，其實只要看個一眼就足夠了。

這裡不是會讓人感到新鮮的遊樂場所，也沒有令人興奮雀躍的故事性。

但我還是不覺得厭倦，想一直待在這裡。

因為她就在我身邊。

就算無聊也會變得不無聊。

我甚至有種不成熟的想法，希望時間可以就此停止。

（不過……我會有這種想法，都是因為現在時間有限。）

雖然我見到小朱莉後應該只過了三十分鐘左右，但剩下的時間已經不多。

「小朱莉，妳今天要跟家人聚餐對吧？」

「咦？啊……是我哥告訴你的嗎？」

「對，他說這是你們家每年的慣例。不過，那傢伙今年好像不會回來。」

儘管我沒有問得很清楚，他現在肯定是跟長谷部同學在一起。

「……學長，如果你希望，也可以就這樣帶我走喔？」

（嗚……！）

如此小聲對我細語的小朱莉，就像是個小惡魔一樣。

她露出有些魅惑的表情，看起來也像是故意要捉弄我。

我因此感到心動，只能拚命搖頭保持理智。

「妳父母都費心做好準備了。我實在不好意思奪走你們家人團聚的時間。」

「呵呵，說得也對。」

她應該早就知道我會這麼說了吧。

看起來並不沮喪，也沒有表現出失望的樣子。

可是，這也讓我有些好奇，如果我真的說要帶她走，她到底會不會一起離開。

……不過，其實我也不可能那麼做就是了。

「對了，妳去補習班有收穫嗎？」

「我學到了很多。尤其是在考試過程中運用時間的技巧，還有讓自己打起精神的方法。」

「沒錯，到了考前這段時期，聊起這種話題的機會也會變多呢。畢竟有些人才剛踏進考場就會開始緊張，腦袋裡變得一片空白。」

「學長會這樣嗎？」

「我記得……自己好像一如往常吧。」

雖然想要考上，不過也沒有看得太重，不會把考大學當成賭上人生的重要一戰。因為即使對先一步考上的昴有些過意不去，但大學也不是只有這一間。

「這樣啊……學長果然很厲害呢！」

「我沒有那麼厲害啦！現在想起來只覺得自己太過放鬆……反正這不是什麼值得稱讚的事情。」

「不，畢竟你就是這樣考上的。我或許應該向你看齊，也稍微放輕鬆一些……」

「不過，這種事也要看個性。」

要是我的親身經歷變成對小朱莉沒有幫助的建議，那可就糟糕了。

因為她是那種只要放下壓力，就會反倒變得更放不下心的人，就連外出旅行都會制定嚴密的計畫。

「啊，一直說這種嚴肅的話題，妳應該也覺得無聊吧。抱歉，我不該在這種時候說這個——」

「不會，沒那回事喔。」

小朱莉微微一笑。

「因為我也想跟你聊這種話題。不過，其實是想要讓你知道我很努力。」

如此說道的小朱莉輕輕放開我的手。

她實在很狡猾。我這麼說當然沒有貶義。

我伸出重獲自由的手，溫柔地撫摸她的頭。當然還脫掉了在風雪中變冷的手套。

小朱莉的頭髮有些濕潤，吸住了我的手掌。

可是，我沒有感到不舒服，反倒覺得……有些誘人。原因我也不曉得。

「呵呵呵……」

小朱莉就這樣任我撫摸，一副很享受的樣子。

她的眼角與臉頰都垮了下來，看起來好像非常放鬆。

「如果我去考試的時候，學長也能在旁邊摸我的頭就好了。」

「啊哈哈……」

那種光景應該相當詭異吧。

就算真的可以那麼做，我的手應該也會抽筋。小朱莉可能也會太過放鬆，根本沒有心思答題。

「我至少得記住這種被摸頭的感覺，然後在考試的中場休息時間回想起來！」

「總覺得妳應該把那種努力用在別的地方……？」

不知道小朱莉是不是認真的，但看到她露出那種正經的表情，還是讓我跟著認真吐槽。

然後，我們不知為何默默看著彼此……最後同時笑了出來。

「呵呵呵……」

「哈哈哈……」

這件事根本沒什麼大不了。就算以後回想起來，我們肯定也不會明白這種無聊的小事有什麼好笑。

不過，我很喜歡這種放鬆的感覺。

不需要努力，也不需要拚命找尋有趣的話題。

我們可以保持自然，用自己原本的樣子像拼圖一樣與對方完美契合。

我覺得這種關係很自在。

這也因此……讓離別變得更令人難受。

「……我們也差不多該回去了呢。」

現在已經超過晚上八點。

小朱莉的家人還在等她回去，我不能繼續獨占她。

「可是，你好不容易才來……」

小朱莉低著頭向我鬧彆扭。

這讓我明白她有多麼捨不得。因為我也很捨不得，這種感覺變得更為強烈。

可是身為她人生的前輩，身為保護她的男朋友，也擁有自己的原則。

「啊……」

小朱莉小聲叫了出來。

因為我拉著她的手開始走向車站。

「我送妳回去。因為我也想儘量多陪著妳。」

「唔……！好！」

我只能說出這句真心話。

至少現在是這樣。

◇◇◇

為了送小朱莉回家，我們走向車站，一路上幾乎沒有說話。

不是因為覺得尷尬。只是到了這段時間要結束的時候，我們才發現還有很多話沒說，也明白到不管說了多少話都絕對不可能滿足，只會變得更捨不得分開……

這種感覺很難形容，但我想小朱莉肯定也是同樣的心情。

這就是戀愛。而且雖然只是暫時，我們就要離別了。我大概一輩子都不可能習慣這種寂寞的感覺吧。

我跟小朱莉共度的時間還不到一小時。

我很快就要與小朱莉分開，獨自搭乘新幹線回到住處。

畢竟這次只是為此而來，和小朱莉見面的這段時間也成了無可取代的寶物，所以不後悔。

不過，還是很捨不得。

這種事今後應該還會發生許多次吧。因為就算小朱莉順利考上，與我就讀同一間大學，我們也不可能每分每秒都不分開。

和她一起度過的時光，讓我喜歡上她並成為一對情侶……得到了許多寶物。

只要想到這些歡喜，我就忍受得了這種寂寞。

「列車已經到站了呢。」

小朱莉小聲說道。

當我回過神時，列車已經來到離小朱莉家最近的車站。

只要從這裡走上不到十分鐘的路程……這段時間就要結束了。

「小朱莉，我們要不要稍微繞點遠路？」

在走出剪票口的同時，我向小朱莉如此提議。

雖然這也是因為面對即將到來的離別，我還想稍微掙扎一下……今天還有一件無論如何都得完成的任務。

「好，沒問題！」

小朱莉完全沒有懷疑，露出天真的笑容點了點頭。

雪又下得更大了些。

雖然還不需要撐傘，但回家以後外套肯定會濕掉，讓人覺得不太舒服。

總之，要是害小朱莉感冒就糟了。看來我們也不能待在外面太久。

（有種彷彿被老天爺推了一把……的感覺。）

儘管我提議要繞點遠路，但不是要在這條路上做些什麼。

主要是想讓這種害得心臟瘋狂亂跳的緊張情緒，可以稍微平息下來。

「學長，你怎麼了？」

「咦？」

「我覺得你的表情好像有點難看。」

小朱莉一臉擔心地仰望著我。

因為太過緊張，我好像不小心就把想法寫在臉上了。雖然趕緊伸手摀住嘴巴，但她早就發現這件事了，所以當然毫無意義。

「其實我現在有些緊張。」

「緊張？」

小朱莉疑惑地歪著頭。

我剛才還很臭屁地說自己考試時不會緊張，其實現在遠比考試時緊張多了。

我今天來到這裡還有另一個目的。

如果無法克服緊張，沒能完成這個任務，我肯定會為此後悔。應該會非常討厭自己，進而關在車站廁所裡好一段時間吧。

「呼……」

我深深地吐了口氣。

純白的氣息在黑暗中冒出來，然後又在寧靜住宅區路燈的照耀下消失不見。

這個地方一點都不浪漫，就只是尋常的街道。因為我還沒有那種勇氣，敢在剛才那些耀眼的霓虹燈底下，當著眾人的面行動。

我現在還做不到那種事……不過，希望自己遲早能具備那種勇氣。

「小朱莉。」

「什麼事？」

我在路燈下停下腳步，喊出她的名字。

小朱莉也跟著停下腳步，歪頭看著正襟危坐的我。

「就是，呃……這個給妳。」

總覺得有些難為情，又很緊張……只能說出這麼簡短的話語，從背包裡拿出那東西，然後拿到小朱莉面前。

那是一個畫著聖誕老人與聖誕樹的小紙袋。

只要想想今天是什麼日子，任何人都會猜到這是什麼……小朱莉猛然睜大眼睛。

「雖然離聖誕節還有段時間，我還是先給妳。還有，祝妳生日快樂。」

應該還有更好的說法才對。

雖然另一個冷靜的我在腦海中嘆了口氣，還是說出想說的話了。

小朱莉睜大眼睛，慢慢地伸手接過紙袋。

「我、我可以打開看看嗎？」

「當然可以。」

雖然嘴巴上這麼說，我的心臟卻還在跳個不停。

這代表我會這麼緊張……都是因為不知道小朱莉會不會喜歡這個禮物。

在我過去的人生中，除了親人之外，還不曾這麼認真地送禮物給別人。

更不用說對方是個異性，而且還是我的第一個女朋友。

我在身為男人的十九年人生中累積的經驗，對她完全不管用。

是一邊研究網路上的文章，一邊跟店員討論後，才好不容易做出選擇。儘管希望讓小朱莉開心，卻不知道她會不會喜歡。

心臟跳個不停，就這樣看著她拿出紙袋裡的東西。

「啊，好可愛……！」

小朱莉看到禮物後，小聲說出這句話。

我選擇的禮物是一條項鍊。

這條項鍊的造型很簡單，就算平常都戴在身上，也不會有任何不方便的地方。

雖然有些擔心這樣會不會太樸素……不過她看起來很開心，便暗自鬆了口氣。

「好開心！我每天都要戴著！」

「啊哈哈，妳可別戴去學校，免得惹老師生氣。」

「啊，對喔……那我會好好珍惜的。」

如此說道的小朱莉低頭看向那條項鍊。

她露出溫柔的眼神，定睛看著項鍊——

「……啊！」

突然像好像想到了什麼般睜大眼睛，然後解開脖子上的圍巾。

「學長，難得有這個機會，想請你幫我戴！」

小朱莉挺起胸膛給我看，對我提出這樣的要求。

「咦？妳說現在嗎！」

「當然啊。反正也沒有其他更好的時機。不過這場雪讓我覺得有點冷，所以請快點幫我戴上。」

小朱莉這麼催促著我。

雖然完全沒料想到這種狀況，但實際聽到她這麼說，我才發現這種要求好像也很正常。

要是我不幫她戴上，應該反倒比較奇怪……吧？

「我、我明白了。」

我點頭同意，伸手接過才剛送出去的項鍊。

沒問題的，我知道要怎麼幫她戴上——

「那就麻煩你了。」

如此說道的小朱莉抬起下巴。

「呃……妳要面對著我嗎……？」

「對。」

照理來說，這種時候她應該要背對我，讓我可以看著項鍊扣頭不是嗎……？

要我從正面幫她戴上項鍊，總覺得難度一口氣變高許多。

（不過，我還是只能努力去做！）

我這麼激勵自己，從前面把手伸到小朱莉的脖子後面。

還是頭一次幫別人戴項鍊，雖然我們就站在路燈底下，周圍也還是很暗，看不太清楚。

（就算知道要怎麼戴，也還是很難戴上……）

儘管想要俐落地幫她戴上，但鍊條一直對不上，遲遲沒辦法戴好。

在努力苦戰的過程中，我的身體逐漸前傾，回過神時才發現——

「唔……！」

「嗚啊……」

小朱莉抬頭看向我，倒抽了一口氣。

而我也不由得停止呼吸。

因為太過專心，滿腦子只想要幫她戴上項鍊，結果我們的臉靠得非常近，鼻尖幾乎都要撞在一起了……！

「抱、抱歉！」

「沒關係！請、請你……」

我急忙準備退開，但小朱莉抓住了我的手。

小朱莉吐出的氣息輕撫著我的臉龐……她保持這樣的距離，用有些濕潤的眼睛注視著我。

「請你就這樣幫我戴吧……！」

「呃……嗯，我知道了。」

既然她都說沒問題了，那我也不能收手。

得快點幫她戴上項鍊才行！

（可惡……拜託快點扣起來啊……！）

我懷著焦急的心情不斷嘗試，然後——

——喀嚓！

（很好，扣起來了！……唔！）

總算成功扣上扣頭，卻沒能放心太久。

「嗚嗚……」

小朱莉快要撐不住了！

她完全哭了出來，臉頰也紅到快要爆炸……不管怎麼看都已經到極限了。

「學長離我好近……好帥……」

「我、我幫妳戴好了！這次絕對沒問題！」

如此說道的我立刻準備遠離小朱莉，卻發現她還抓著我的手。

「小、小朱莉……？」

「那、那個……學長……」

她努力擠出聲音。

雖然我有些擔心，但她無視我這樣的心情，更用力抓住我的手。

——絕對不會讓你逃走。

感受到了這樣的意志。

「今、今天是我生日喔。」

「是、是啊。」

「可是，你只有準備一份禮物對不對？」

「嗚……！」

她說到我的痛處了。

不過，我當然沒想過要隨便蒙混過去。

「抱、抱歉，因為光是要選擇一樣禮物，就用掉了許多時間……」

關於她的生日禮物……也就是第二份禮物，原本打算以後再找機會交給她。

但是，或許我應該先告訴她才對。畢竟這肯定會讓她感到失望。

「另一份禮物我下次絕對會——」

「我不要。」

「……咦？」

「因為我的生日跟聖誕節都是在今天。那我一定要在今天之內統統拿到！」

「是、是這樣沒錯啦……」

雖然明天才是聖誕節……但是我今天沒有要回老家，晚點就要直接回去大學的住處了。

而且我光是準備一樣禮物就費盡心力，就算明天有機會把禮物交給她，我也不認為自己能及時準備好她會喜歡的禮物。

「所以，請你現在就給我。」

小朱莉繼續說下去，不讓我有那種想法。

不是明天，而是現在，這樣更不可能了吧！

我懷著這種想法看向小朱莉——

（……啊。）

在看到她眼睛的瞬間，明白了。

我看出小朱莉現在有何想法。

我知道……她想要什麼禮物了。

「…………」

小朱莉默默注視著我。

眼神強而有力……但那是因為她鼓足了勇氣。

「小、小朱莉……」

沒錯，今天是聖誕夜。

這是一年只有一次，情侶們度過特別時光的夜晚。

現在這樣也是理所當然的發展。

「而且……我也會送你一份禮物……」

那聲音有種不可思議的魔力，彷彿不是這個世界的聲音。

那聲音好像有質量，直接讓我的大腦融化。

如果她沒有抓著我，我說不定早就跪倒在地上了……這句話的破壞力就是這麼強大，我甚至冒出這種想法。

「……唔！」

小朱莉呼出的氣息搔弄著嘴唇，我忍不住吞下口水。

雖然現在是聖誕夜，但這麼輕易就做這件事真的好嗎？

「學長……」

「啊……！」

小朱莉用夾雜著緊張、不安與期待的聲音呼喚我，然後閉上了眼睛。

沒錯，小朱莉也會感到緊張與不安……還是期待我能回應她的要求。

所以……當我注意到的時候，心中的迷惘早就消失無蹤了。

「小朱莉。」

我不自覺地喊了她的名字。

小朱莉的身體抖了一下，但還是閉著眼睛等我行動。

我覺得那副模樣非常可愛。

「我喜歡妳。」

我說出這句話，就像是要再次確認自己的心意……不，不是這樣的。

這是誓言。

絕對不會讓妳再次感到不安，也不會放開妳的手。

妳鼓起勇氣來到我身邊，筆直注視著我，還把整顆心都給了我。

今後也會永遠愛著妳。

我在此發誓。

◇◇◇

「嗯……」

當我把臉移開時，聽到小朱莉從嘴唇之間輕輕吐了口氣的聲音。

慢慢睜開眼睛。眼前那雙注視著我的眼睛，像是要融化一樣滲出淚水。

「…………」

「…………」

我們默默看著對方。

這種感覺就好像是在作夢一樣。

雖然嘴唇只有短短一瞬間互相碰觸，卻覺得有如永恆般漫長。

嘴唇上還留有那種感觸……這種餘韻真是太厲害了。

（……我跟小朱莉接吻了……）

因為我們已經是情侶，我早就知道遲早會有這一天。

可是，沒想到會是今天。

「我們接吻了呢……」

「是、是啊。」

小朱莉一臉陶醉地低喃，我僵硬地點了點頭。

這種心情有點不可思議。小朱莉看著我的臉，我會覺得很難為情，卻又無法移開視線。

她的眼睛含著淚水，而那雙水嫩的朱唇直到剛才都還觸碰著我。

我們明明牽過手，也曾經互相擁抱……早就不是第一次接觸，但那種感覺還是完全不同。

感覺我們身為一對情侶，關係確實又變得更親密了。

「老實說，我以前很討厭在同一天度過生日與聖誕節。因為大家總是會把這兩個日子放在一起慶祝。」

能輕易想像到那種狀況。

結果我今天也只送給她一份禮物，根本沒資格說些什麼。

「可是，我今天覺得這兩個日子能一起到來真是太棒了！因為得到了兩樣這麼棒的禮物！」

如此說道的小朱莉緊緊抱住了我。

還用耳朵貼著我的胸膛。

「學長，你的心臟跳得好快喔。」

「嗚……！」

這也是理所當然的事情。

畢竟我跟喜歡的人第一次……接吻了。

也因此變得更渴望碰觸小朱莉。
澈底體認到自己也是個男人。
可是……
——嗡嗡嗡。
「啊……」
從小朱莉的書包裡傳來手機震動的聲音。
我猜是因為她太晚回去，父母才會擔心地打電話過來吧。
「對、對不起，學長。」
「沒關係，妳不用在意我。」
小朱莉一邊道歉一邊遠離我，然後接了那通電話，告訴對方她已經快要到家了。
看到她這麼做，我感到有些遺憾，但也鬆了口氣……心情十分複雜。
（結果我根本就沒在管什麼人生前輩的原則嘛……）
如果她不是時間有限，我肯定會踩不住煞車。
不光是接吻，恐怕還會做出更進一步的行為……我就是有這種感覺。
「嗯……我馬上就會回去了。嗯，晚點見。」
小朱莉掛斷電話，一臉沮喪地回過頭來。

「我好像真的太晚回去了。他們還說要來接我……」

「我想也是呢。」

雖然我沒有確認時間，自從我們離開車站，好像已經過了很久。

我已經得到足夠多的時間，不該感到遺憾。

而且……我想要懷著這種幸福的心情，為今天劃下句點。

「小朱莉，我很慶幸今天可以跟妳一起度過。」

「學長……我也這麼覺得。我真的很開心……！」

「所以，我們明年也一起慶祝吧。就我們兩個人，而且還要約會更久。」

「……唔！」

小朱莉猛然睜大眼睛。

然後她的眼角冒出淚珠……對我露出開心的微笑。

「那我今天要回去好好陪伴家人。因為我明年就要被你獨占了。」

「嗯，我會期待的。」

……於是，困擾我超過一個月的煩惱，就這樣在十二月二十四日結束，留給我一個一年後要解決的巨大問題。

雖然我覺得要怎麼幫她慶祝，而且還不能輸給她父母是個天大的難題，但我完全不會感到絕望，反倒非常開心。

當然了，到時候肯定又會有各種煩惱困擾著我……不過這也會讓我在成功討她歡心時更有成就感。

我告別小朱莉後，搭上新幹線。她現在應該正在與家人享用大餐吧……正當我這麼想時，她正好用Line傳照片過來。

照片裡的小朱莉拿著裝有美味蛋糕的盤子，露出開心的笑容。她看起來很開心，也非常可愛。

我後來就這樣看著她傳過來的那些照片，懷著充實的心情度過這段回程的時間。

……尾聲……

「哎呀……聖誕節真是太棒了。感謝基督。即便已經過了兩千年，我還是想感謝他願意出生在這個世界上。不過，其實朱莉每次過生日時，我也都是這麼想的。」

「……是喔。」

今天是一月二日。

昴來到我家，隨便說幾句拜年的話之後，就立刻開始放閃了。

他說了一小時……不，應該有兩個小時了吧？總之他一直得意洋洋地說著自己跟長谷部同學之間的事情。

如果他只是要放閃，那我還忍受得了。

可是，這次還不只是這樣，只要說到比較敏感的話題，他就會露出欠打的表情，說出：「糟糕，再來就是我跟小菜菜美之間的祕密了，拜託你別再問了！」這種話。

其實我根本就沒有要逼他說的意思。

他還說了許多「她是降臨在孤獨的我身旁的天使～」這種充滿形容詞的情詩，但幾乎都是些廢話。

而且還不斷反覆說著那些空洞的話語。

我都不知道自己聽過那些話多少遍了。甚至不知道自己身在何方，也不知道為何要聽他說這些話……腦袋都快要當機了。

「……喂，你有在聽嗎？」

「嗯，我有在聽喔。」

「你絕對沒在聽吧！」

我這輩子還是頭一次這麼輕易地說謊。

因為說得太過順口，昴才會馬上就發現。

「真是的，難得我好心告訴你這些事，結果你竟然是這種態度。」

「你到底哪裡好心了？」

因為我最近也交到女朋友，才比較沒重視這個問題，結果他好像愈來愈離譜了。

「……喂，你幹嘛用那種冰冷的眼神看我？我很可能是你未來的大舅子喔！」

「你還真喜歡說自己是大舅子。」

「因為要是讓你叫我大舅子，感覺應該會很愉快不是嗎？」

「到底哪裡愉快了？難道不覺得很噁心嗎？」

「才不噁心呢。要不然你可以現在就練習啊。來，叫叫看吧。」

就算我跟小朱莉變成那種關係，我也不想那樣稱呼他。因為生理上無法接受。

不過，昂似乎很想要我叫他大舅子……一旦他變成這樣，果然就不太好應付。

得隨便找個理由轉移話題才行……於是，今天見到昂以後，我頭一次開始動腦。

「……要是你變成我的大舅子，我們就不再是對等關係了吧？我可不想那麼輕易就失去一位摯友。」

「你、你……！」

聽到我這麼說，昂感動到紅了眼眶。

「沒錯！你說得對！我們是一輩子的摯友！」

……他會不會太好應付了？

雖然是我說的就是了……

「既然我們是摯友，那我只好跟你分享自己的幸福——」

「不用了！那些話我已經聽夠了！」

嗚哇，我好像做得太超過了！

昂心情變得愉快後，又準備開始不斷說著同樣的廢話，我趕緊出言制止。

要是再聽他從頭說一遍，我很確信自己一定會睡著。

「對了，那你有什麼收穫嗎？」

「你說我嗎？」

「是啊，你不是去跟朱莉見面了嗎？我是說聖誕夜那天。」

「啊……上次真是感謝你。」

「別這麼說，畢竟我也給你添了麻煩……」

昂對我低下頭。

我聽說他很認真地向小朱莉道歉了，所以也不會生他的氣，只要想到是他讓我不需要瞞著小朱莉，我也覺得那是件好事。

（不過，要是我認真向他道謝，他應該又會得意忘形，繼續說那些廢話……）

雖然對昂感到不好意思，但我得讓他在這次的事情中學到教訓才行。

這是為了讓我們今後也能好好相處……我絕對不是想利用他，也沒有那種壞心的想法。

「結果你跟朱莉到底怎麼樣了？」

「啊，這個嘛……這是祕密。」

因為他這麼說，我立刻決定管控情報。

……不過，其實不只是昴，我跟小朱莉在那晚發生的事情，我從一開始就不打算告訴任何人。

我想把那一晚的回憶藏在內心慢慢回味。

「祕密……你們該不會做了什麼色色的事情吧！」

「啥！」

「先說好，我可以不當你的大舅子，但我永遠都是朱莉的哥哥！只要我還有一口氣在，就不會允許你們亂來！」

「我、我知道啦。」

因為他實在太過激動，我只能不斷點頭。

「所以呢？你們應該沒做吧？」

「咦？」

昴應該是問我有沒有做他口中的色色事情。

我們應該算是沒做才對……

姑且……有接吻就是了。

「……喂，你為什麼還要想一下啊！」

「啊，因為……」

「你們是不是做了？你們兩個做了對不對！」

也許是因為我回答得不清不楚，讓昴有所誤會，他激動地抓住我的肩膀。

看到他那麼激動，也讓我心裡有些慌張。

「我們沒做啦！什麼都沒做！」

我只能這麼告訴他。

……相信以昴的標準來說，接吻應該不算是色色的事情。嗯。

「那就好。」

也許是感受到我有多麼認真，昴總算是相信了。

「求，給我聽好。我確實有允許你跟朱莉交往。可是，你還是要掌握好分寸喔。你還得讓朱莉得到幸福！不能讓她傷心！就算她說最喜歡哥哥了，你也不准說她是個兄控！」

「……好、好啦。」

他像這樣警告我，已經不知道是第幾次了。

不過，即使昴肯定是個妹控，說到小朱莉是不是個兄控……算了，還是別說這個了吧。

「這樣我想說的話就大致說完了……我們先去吃個飯吧！」

「你還不打算回去喔？」

「是啊，雖然正事都說完了，我還有其他事情要做。」

「其他事情？」

「我想跟你借期末考的筆記本來抄。」

「難道你完全沒有做準備嗎！」

「要是一個弄不好，我說不定會被當掉超過一半的學分。雖然這間大學不會讓學生留級，但要是學分不夠，最後還是無法畢業……拜託了，我的摯友！」

「……看來我還是別跟你當摯友了吧。」

「為什麼啊！求，拜託你！我這次真的很危險！我以後絕對會洗心革面，乖乖上課抄筆記的！」

「你上學期也是這麼說的耶……」

昴抱著我苦苦哀求。

雖然我輕蔑地看著這位摯友（暫定），卻無法甩開他。

「…………真拿你沒辦法，這真的是最後一次了喔。」

「喔喔！謝謝你，我的知己！今天就讓我請客報答你吧！」

傷腦筋，結果我還是屈服了。

我總是這樣順著他。最近的一次應該是他跟長谷部同學感情出問題的時候吧。

上次就算了，這次讓他體驗一下現實的殘酷，或許對他才是好事。

可是……看到朋友快要摔落懸崖，只能用手指抓著地面向我求救，我又怎麼有辦法見死不救？

雖然拿不到學分其實沒那麼嚴重，但我只能說昴太擅長裝可憐了。

該如何說呢……甚至覺得認真思考該怎麼做根本就是件蠢事。

「那我可要吃一頓大餐喔。」

「沒問題！」

昴得意地拍拍胸膛，剛才那種悲愴感早已蕩然無存。

於是，我們就這樣走出家門……但因為新年假期還沒放完，絕大多數的餐廳都沒有營業，結果他只請我吃了超商食品，就算是答謝過我。

……我現在應該可以生氣了吧？

◇◇◇

過年後又過了一個月。

時間很快就來到二月，大學也開始放漫長的春假。

我今天也忙著打工，但結愛姊不知為何在打烊後來找我，臉上還掛著別有居心的笑容。

「求，我跟你說喔。」

（……有種不好的預感。）

「你一副有種不好預感的表情呢。」

「……什麼？」

雖然她完全看穿了我的想法，我還是決定假裝沒事。

看到我這樣，結愛姊露出覺得有些無趣的表情，讓我覺得自己好像稍微贏了。

……不過，其實早在她看穿我的心事時，我就已經輸得差不多了。

「算了，這不是重點。」

結愛姊無視我這微不足道的反抗，很乾脆地說出這句話。

「其實我又要出國一段時間了。」

「……咦？」

聽到結愛姊這麼說，我一時之間無法相信，忍不住反問。

我知道出國旅行是她的興趣……而且她還喜歡那種有些克難的獨自旅行，然而還是感到很錯愕。

「結愛姊，要是妳不在了，這間店要怎麼辦啊？」

「就算我不在店裡幫忙，我爸爸還是有辦法獨自開店。不過，餐點的品項可能會減少，客人等候的時間也會比平常還要久……這裡會變成一間幾乎只有常客會來的咖啡廳。」

「可是，那店裡最近增加的新客人要怎麼辦……」

「別擔心，總是會有辦法的。」

結愛姊輕聲笑了出來。

咖啡廳「結」在今年嘗試了各種不同的經營策略，像是延長營業時間，或是推出期間限定餐點等等……結果順利地開拓了不少新客人。

雖然這間店原本只是伯父出於興趣才會開始經營，但店裡生意變好，伯父好像也很高興，還想了許多方法要讓客人覺得更開心。

要是能同時兼顧廚房與外場的結愛姊在這時候離開，應該會造成很大影響——

「還有你在不是嗎？」

「可是，我畢竟只是個工讀生，工作能力也還有待加強……」

「你已經有能力獨自應付外場的工作了。畢竟我就是這麼鍛鍊你的。」

「可是，妳從來不曾這樣稱讚我……」

「那是因為我這個人不擅長說話啊♪」

……這分明就不是她的真心話。

不過，她不是那種會毫無意義稱讚別人的人，先不管她一直以來都是怎麼想的，剛才說我有能力獨自應付外場的工作，應該不是騙人的。雖然她說過許多毫無意義的謊言就是了。

「再說，店裡還會多一位新店員吧？」

「新店員……妳該不會是指小朱莉吧？」

「是啊，她的廚藝好像挺不錯的，反正我會把過去開發的餐點食譜全都放在店裡，我想她肯定沒問題！」

「這麼隨便真的好嗎……」

就算我有能力應付外場的工作，小朱莉也真的來到「結」打工，還能完美重現結愛姊開發的餐點，我們也依然只是來打工的學生。

我們當然不可能每天都來上全天班，店裡無論如何都會有欠缺人手的時候。

更何況，結愛姊身為總指揮官的能力實在沒人可以取代——

（……不過，我們本來就不可能一直把結愛姊綁在這裡。）

結愛姊原本就是個自由奔放的人。

總是會一時興起就去世界各地旅行，然後突然回來，接著又離開。

她今年一直待在「結」上班算是很難得了……我猜原因八成就跟她剛才說的一樣，都是為了鍛鍊我的工作能力。

「……妳這次要去哪裡旅行？」

「嗯？你不繼續挽留我了嗎？」

「反正妳早就做出決定了。我猜伯父跟伯母應該也沒有阻止，那我表示反對不是很奇怪嗎？」

畢竟也不能一直依賴她。

而且這種自由奔放的作風才適合她這個人。

「我這次啊……應該會在東南亞各國隨便亂晃吧。畢竟有一段時間沒去了。」

「這樣啊……」

「對了，我會買伴手禮回來的，你好好期待吧。」

「只希望妳不要買那種好像被詛咒的神祕人偶給我。」

「真沒禮貌，我從來不曾買過那種……」

「妳買過！而且買過好幾次！害得年幼的我受到心靈創傷！」

「……是喔？」

結愛姊一副聽到好消息的樣子。

我還記得自己當時很害怕，但又覺得讓結愛姊知道這件事，她肯定會趁機捉弄我，結果就裝出完全不害怕的樣子……糟糕了！

「也是呢，那我會幫你挑個很棒的禮物喔♪」

嗚哇……看來我好像自掘墳墓了。

既然事已至此，也無法阻止結愛姊，只能祈禱她不要遇上詭異的伴手禮了。

「不過，求真的長大了呢。」

「妳、妳幹嘛突然說這種話？」

「因為啊，我不久前根本不曾想過，竟然敢把工作丟給那個小堂弟，自己一個人去旅行。」

如此說道的結愛姊靠了過來，伸出手想要撫摸我的頭……但最後又縮回去。

「現在做這種事，好像已經不合適了呢。」

她的口氣聽起來有些寂寞。

不，她應該是真的感到寂寞吧。看到結愛姊的表情，明白她無意隱瞞這種想法。

「上了年紀還真是討厭。我好像突然想起以前的事情了～」

「所謂的家人不就是這樣嗎？」

「怎麼？你這是在安慰我嗎？」

「我也一樣……只要跟妳在一起，就會想起小時候想要快點長大的事情。」

「呵呵，因為你當時很崇拜我嗎？」

「崇拜啊……或許是吧。」

在我眼中，比我大八歲的結愛姊永遠都是一位模範大人。

她能力出眾、無所不能、值得依靠、個性又很快活，而且願意把還是小孩子的我當成朋友對待……所以我經常想著要成為這樣的大人。

不過，我後來逐漸長大，累積了各種經驗，才發現結愛姊是個特別的人，自己絕對無法變得跟她一樣。

「你現在是怎樣？難得看你這麼誠實，竟然說出這種讓人難為情的話。」

「我可能也覺得寂寞吧。畢竟雖然是堂姊弟，但以前從來不曾在一起這麼久。」

「說得也是呢。」

以前我們頂多只會在親戚聚會時見面，不然就是偶爾去對方家裡拜訪。

當我父母很忙的時候，結愛姊還曾經來我家照顧我。

不過，也頂多就是幾天。

現在就算沒有每天見面，我們每星期都會在打工時見上幾次面。

老實說，我現在早就習慣這種生活，覺得當面與她說話是很理所當然的事情。

結愛姊那種平易近人的態度，更是助長了這種感覺。

所以，我很肯定這種感覺就是寂寞。

「……真是的，你的想法都寫在臉上了喔。」

「嗚……」

「求，就算你長大了，有些地方也還是沒有改變呢。」

「妳想說我很愛撒嬌嗎？」

「不對喔～我是說你是個重視家人的好孩子！」

結愛姊這次沒有客氣，直接摸了摸我的頭。

她完全不管是否會弄亂頭髮，自顧自地亂摸我的頭。

雖然結愛姊是個人見人愛，深諳處世之道的人，就只有面對我的時候，總是如此毫不客氣。

「不過，我說要出國旅行，也不是馬上就要離開。」

「咦？真的嗎！」

「廢話。畢竟我還要做些準備，總不能隨便說走就走吧？」

「可是在我的印象中，妳總是隨意四處旅行，根本不需要做什麼準備。」

「有時候真的是這樣呢！」

結愛姊露出得意的笑容。

儘管她說自己有時候會那樣，但根據她每次旅行回來的報告，差不多每次都是那樣亂跑。

「如果我現在就出發，不是會碰上大學的春假或畢業旅行嗎？我不喜歡那種吵吵鬧鬧的感覺。」

「真的是這樣嗎……？」

我曾經聽說到了修學旅行的季節，京都與沖繩那種地方就會變得很吵鬧，應該儘量避開，但到了國外也會有那種現象嗎？不對，這應該是心情上的問題？

「而且難得有這個機會，我也想看看小朱莉穿服務生制服的樣子！不，我想把她打造成店裡的看板娘！」

「反正妳就是要在離開之前搞事對吧？」

「Exactly！」

我記得她曾經說過要讓自己跟小朱莉變成店裡的兩大看板娘，一起招攬更多客人……但她的想法本來就經常變來變去。

事實上，等到小朱莉來店裡打工，她也可能會延後出國旅行的計畫，就算真的出國了，也可能很快就會回來。當然了，情況也或許正好相反。

畢竟結愛姊的行事原則是「當下覺得開心就去做」。

就這層意義來說，她做出的選擇至少能讓自己得到幸福，所以也不是什麼壞事。

「順便告訴你，要讓小朱莉穿什麼制服，決定權握在我手上，如果你有什麼願望，最好還是趁現在趕快巴結我。」

「啥！」

「當然了，因為還要配合這間店的古典祕密基地風格，所以不能給她穿那種色色的制服喔♪」

「我、我才沒有那麼要求！」

話說，這間店什麼時候有制服了？

如果是說服務生制服，我倒是還想像得出來。不過，這間店基本上都是穿自己的便服（當然必須得體）配上圍裙，根本沒有制服那種東西。

「結愛姊，妳是不是想把小朱莉當成玩具……？」

「才沒有呢！雖然我來做那種事在年齡上有些不合適，但小朱莉就完全沒問題吧？你看，我還有這種照片喔。」

結愛姊一邊說出讓人難以吐槽的自虐話語，一邊亮出手機螢幕給我看。

螢幕上顯示著……小朱莉參加文化祭時的照片！

「她穿小魔女服裝超級可愛對不對！就算不穿這麼特殊的服裝，只讓她穿上常見的女僕服，應該也會非常好看呢～」

「等、等等，妳怎麼會有那張照片……？」

我不認為是小朱莉自己傳給她的。畢竟那張照片讓她覺得很難為情。

不過，她們都是女生。那張照片也真的很可愛，就算她想要炫耀一下，我也不會覺得奇怪。

說到其他有可能傳送那張照片給結愛姊的人……

「是小實璃傳給我的。」

「我就知道是那傢伙……！」

櫻井實璃——小朱莉的摯友，也是讓她穿上小魔女服裝的犯人。

我們之前在暑假去海邊旅行的時候，那傢伙認識了結愛姊。

她們兩個都很聰明，個性大致上也差不多。

所以實璃才認為結愛姊會覺得有趣，把照片傳給她看……而實璃的企圖好像就快

要得逞了。

「可是，這種事還是要先問過小朱莉的意願……」

「呵呵，只要說是為了給你欣賞，我覺得她應該會很樂意喔。」

「不是要給我欣賞，應該是要給客人欣賞才對吧！而且就算讓小朱莉穿上可愛的服裝，我覺得喜歡現在這種氣氛的常客也不會開心……」

「讓小朱莉穿上可愛的服裝？我都還沒說要讓她穿什麼衣服呢。你該不會是覺得『我心愛的朱莉不管穿什麼服裝都很可愛』吧？」

「等等，妳怎麼可以斷章取義！我完全沒說過那種話吧！」

可惡，我又被她耍著玩了。

結愛姊現在笑得很開心就是最好的證據。

對歡樂至上的結愛姊來說，看我怎麼反抗似乎也是一種樂子。

（還真是拿她沒辦法呢……）

我再次體認到這個事實，心裡想著在結愛姊出國旅行之前，一定要保護好春天就要來店裡打工的小朱莉。

◇◇◇

當二月就快要結束，春假也只剩下一個月時，因為突如其來的訪客，我一大早就被迫在街上東奔西跑。

——我明天要過去那邊，記得抽空陪我。

對方沒有說明理由，自顧自地傳了這種訊息過來，然後隔天早上就立刻過來我家。而那人就是我的學妹，自稱是我妹妹的櫻井實璃。

「我今天要去看幾間房子。」

說完這句話後，實璃立刻叫剛睡醒的我去換衣服，不由分說就把我帶到外面了。

先來整理一下現況吧。

實璃已經確定要在今年四月來到政央學院大學就讀。

因為她就住在我老家那邊，不方便從自己家裡通勤，所以必須自己搬出來住。

為了去看房子，她特地來到這裡……還不知為何要我陪她一起去看。

「請我吃午餐。」

而且她還叫我請客……雖然我不介意就是了。

在上午看了兩間房子，連早餐都沒吃的我終於可以休息了。

順帶一提，我們下午好像還要去看好幾間房子。

「那我們午餐……吃義大利麵行嗎？」
「蛋包飯。」
「什麼？」
「我要吃蛋包飯。」
看來公主殿下好像有想吃的餐點。
下一瞬間，她就用Line把那間餐廳的網站連結傳過來。
打開連結一看，那是這附近很有名的西餐廳，連我都久仰大名。
既然她早就決定好要去哪間餐廳吃飯，那我也樂得輕鬆。
「我想可能需要排隊一段時間，可以嗎？」
「嗯。」
她好像從一開始就打算去那間餐廳，早就知道店裡在假日會有多少客人了。
今天還找了那麼多間要看的房子，事前準備實在相當周到。
那她為何要在前一天晚上才聯絡我……絕對有辦法更早告訴我吧。
雖然在腦海中這麼抱怨，我還是把來到嘴邊的話語吞了回去。
畢竟我的年紀比較大，又是她的大學學長，應該懷著大人的寬容對待學妹。
……不過，這也是因為就算我隨便唸她幾句，她肯定會加倍奉還。

事情就是這樣，我們排了十分鐘左右，這間餐廳的蛋包飯確實很好吃。

這間店的蛋包飯基本上都是搭配白醬，而不是番茄醬，那種濃郁的滋味與蛋皮的滑嫩口感完美結合，還會在口腔裡融化，只留下美味。

老實說，真希望可以早點吃到這道料理。不過，總覺得一個男生要獨自踏進西餐廳有點困難……如果是拉麵店或牛丼店，就完全不會有這種感覺了。

唯獨這件事，必須感謝實璃給我這個機會。付錢的人是我就是了。

「呼……」

實璃喝著餐後咖啡，有些疲倦地嘆了口氣。

順帶一提，她跟我一樣在咖啡裡加了牛奶，沒有加糖。

「話說回來，妳準備得還真是周到。」

「你是指什麼？」

「就是今天的事情。有必要看這麼多間房子嗎？」

「那還用說嗎？畢竟那可是女生要獨自居住的房子。」

確實曾經聽說，女生租房子要考慮的事情比男生還要多。

房子裡面的裝潢不用說，防盜性能更是愈高愈好。

我們剛才去看過的兩間房子，也都是無法從陽台入侵的高樓層套房，而且還有全自動電子鎖，走廊上也裝了監視器……即便是實璃這樣的女孩，也還是會考慮到這方面的問題。

「而且這個時期應該有很多人跟我一樣準備搬來這裡。優良物件只會愈來愈少，我得趕快做出決定才行。」

「那妳從剛才那兩間裡選一個不就行了嗎？」

「反正對方今天都會等我做出答覆，就算再去看看其他房子也沒有損失。我要好好比較，選一個最棒的。」

實璃傻眼地嘆了口氣。

我記得自己當初只看了現在住的這間套房，就立刻做出決定了。

「妳就不怕看了好幾間房子，也真的搬進去之後，可能會後悔當初沒有選擇另一間嗎？」

「……你這麼說好像也有道理。」

實璃不開心地撇著嘴巴。

一旦選項變多，不得不放棄的選項也會變多。

地點、設備與房租都無可挑剔的優良物件可不常見。

我覺得就算比較過好幾間，也可能還是需要在某些地方做出妥協。

「畢竟我是那種會先炸掉石橋才過河的人。」

「等等，先把石橋炸掉就無法過河了吧？」

「沒錯，我會懷疑個半天，最後還是不會過河。」

「那妳不就只是來看好玩的嗎？」

不過，如果她要自己搬出來住，就無論如何都需要租一間房子，所以那種理論根本說不通。

（實璃這傢伙好像心情不錯。）

每當這傢伙心情好的時候，就會變得很多話。

她會說出更多平常不會說的玩笑話，也會像剛才那樣玩毫無意義的語言遊戲。

好吧，獨自搬出來住確實是一件大事，能理解她感到興奮的心情。

「妳最重視的條件是什麼？」

「離車站不能太遠、浴廁分離、樓層要夠高、室內要有木頭地板、門要安裝全自動電子鎖，還要有宅配箱……」

「妳最重視的條件還真多……」

「而且房租不能超過三萬圓。」

「那種房型根本不可能存在吧！」

「呵呵。」

實璃忍不住笑了出來。

看來她的心情果然很好。

「我開玩笑的。」

「如果妳是認真那麼說，我就要對妳改觀了。」

「不過，如果硬要我選擇一個條件……那我想要住在你家附近。」

「咦？」

「這有什麼好意外的？畢竟值得信任的人就住在附近，還是比較放心。」

就是發生萬一也有個保險的意思嗎？

……不過，實璃說想住在我家附近，還說我是值得信任的人，難得表現出這種撒嬌的態度，我不由得有些動搖。

「畢竟朱莉也會跟你住在一起不是嗎？」

「哦，原來妳是說小朱莉啊……」

看來我好像誤會了。

不知為何，我覺得自己好像有些自我感覺良好，現在超級丟臉！

「求哥，原來你覺得自己很可靠嗎？」

而實璃也看穿了我的想法。

她揚起嘴角，用有些看不起人的眼神看了過來。

「我、我才沒有那麼想。話說，其實我並沒有跟小朱莉同居……」

「可是，你們要住在同一個屋簷下吧？」

「妳要這麼說也沒錯……」

「朱莉實在很不夠朋友，竟然自己先一步找好房子。」

「她只是剛好有那個機會……」

小朱莉跟實璃一樣成功考上政央學院大學，而且早就找好房子了。

實璃好像也不是真的對小朱莉感到生氣。

「畢竟朱莉廚藝一流，可以分給我很多料理。而且她又很擅長做家事，不管是打掃還是洗衣服都能請她幫忙。」

「妳根本就是想把她當成工具人……」

「沒那種事，人與人本來就是要互相幫助。」

「那妳又能為她做些什麼？」

「…………」

實璃沒有理我。

她若無其事地喝了一口咖啡歐蕾。

「……算了，反正拜託你幫忙也行，所以我想應該沒問題吧。」

「妳這種說法還真是讓人不舒服……」

話雖如此，在小朱莉來到我家之前我也幾乎不會做家事，所以也不能抱怨太多。

而且只要想到自己這樣也能正常過活，我就覺得人類的生存能力實在很強。

「實璃，妳平常都不會自己下廚嗎？」

「我偶爾會下廚喔。」

「是喔，真教人意外。」

「你這種反應難道不會太傷人嗎？」

實璃眯起眼睛嘆了口氣。

「畢竟我就要獨自生活了，最近還是會找時間練習一下。」

她剛才明明還說要完全依靠朋友過活，還是有認真在做準備的樣子。

「……別說這種正經的話題了。總覺得好累。」

「說得也是呢。」

雖然我還可以繼續說下去，但實璃好像覺得很難為情（儘管沒有表現在臉上），我決定就這麼放過她。

畢竟我是這傢伙的學長兼大哥。不管她怎麼捉弄我，都不可能藉機報復。

「……真教人不爽。」

看到我這種從容不迫的態度，她好像覺得很不是滋味，不高興地小聲如此說道。

在填飽肚子後，就再次去看實璃預定要租的房子了。

而且……我們竟然看了四間！

如果加上早上那兩間，我們等於是只用一天就看完六間房子，別說是我了，就連安排這種行程的實璃本人都快要累壞了。

看到最後一間房子時，她還無力地靠在我身上走路，於是房仲不知為何用溫暖的眼神看著我們。

當我們花了一整天看完所有房子之後，實璃最後還是決定租下我們去看的第一間套房。

那是一間安裝了全自動電子鎖，浴廁分離且附有獨立洗手台，但樓層不是很高的木頭地板三樓套房。

雖然房租並不便宜，也不會太貴，我覺得是個相當不錯的物件。看來實璃也是因為最喜歡這間套房，才會在早上就先去看。

此外，這間套房離我家只有兩到三分鐘的路程……不過，這種事就不用特地說出來了。

「這間房子還真是不錯呢。」

「嗯。不過房租比較貴，看來我得努力打工才行。」

「妳不打算加入社團嗎？」

「如果有看到不錯的社團，或許會加入吧。」

這種回答聽起來就沒有要加入社團的意思。

「我也去你那裡打工好了。」

「哦……我覺得這個主意不錯喔。」

「咦？想不到你會這麼說。」

根據我對實璃的了解，我覺得她說這句話是認真的，於是也認真地回應。

可是，實璃似乎感到有些意外。

「那不是一間個人經營的小咖啡廳嗎？那間店有辦法請那麼多員工嗎？」

我猜這些事應該是結愛姊告訴她的。應該還有聽說小朱莉可能會去那裡打工。

如果從過去的營業額來看，店裡確實只能再多僱用小朱莉一個人。

可是，如果結愛姊要出國旅行，那就另當別論了。

因為我們都是學生，不可能所有人每天都排班，如果多請幾個人，說不定還能順利補上結愛姊離開的空缺。

「當然了，我得先去跟店長商量，妳也必須通過面試才行。」

「這樣啊……」

實璃沉默不語，稍微想了一下——

「……好吧，我會考慮看看。」

回給我一個遠比說要加入社團時還要正面的答覆。

事情就是這樣，當我們辦好所有手續時，外面的天色已經完全暗下來了。

而且晚餐時間也早就結束。

「那我要走了。今天謝謝你。就姑且向你道個謝吧。」

「姑且啊……話說，現在都這麼晚了，妳要回去嗎？」

我們才剛走出不動產公司，實璃就突然向我道別，於是我忍不住這麼反問。

如果她現在坐車回去我老家那邊，回到那裡應該都半夜了吧。

雖然她就快要畢業了，也還是個高中生。讓她在那種時間獨自走夜路並非好事。

「可是，在這邊住一晚太浪費錢了。」

「那妳住在我家不就得了嗎？」

「什麼……？」

實璃好像完全沒想過這件事，驚訝地睜大了眼睛。

「難道妳覺得我是那種小氣的傢伙，連讓妳在家裡住一晚都不願意嗎？」

「不，這不是小不小氣的問題。」

實璃一臉困擾地皺起眉頭。

看她這種反應……難不成動搖了嗎？

不過，其實她很少像這樣把心情表現在臉上。

可是，她的表情很快就從動搖變成傻眼……不，是變成憤怒的表情。

「……求哥。」

「我覺得你這個提議太過輕薄了。」

「咦？」

「求哥，你現在是朱莉的男朋友吧？可是，你竟然要讓其他女孩住在家裡，實在太缺乏身為男朋友的自覺了。」

實璃露出看似輕蔑的眼神。不對，她現在或許真的很看不起我。

毫不留情地用那種銳利的眼神看著我。

「難道說，你在這邊就是那種男生嗎？只要找到機會，就會對女孩子下手。」

「我、我才不是那種人！也只會讓妳住在我家！」

身為小朱莉的男朋友，還想讓其他女孩住在家裡，就算受到責難也確實怪不得人。實璃的指責完全正確，我也覺得自己的提議太過輕率了。

可是，就跟實璃自己說過的一樣，她對我來說不是普通女生，而是跟妹妹差不多的女孩……至少我不可能默默看著她在這種時間獨自回家。

「……這個我也知道。」

也許是因為「也只會讓妳住在我家」這種話，聽起來很像是在撩妹，實璃尷尬地別開視線。

我明明完全沒有那種意思，但事情好像變得愈來愈糟糕了……！

「不對，妳別誤會，我不是那個意思。可是，妳現在回去真的很危險。」

「……我覺得應該不會有問題。」

「外面可是很危險的！」

「你為什麼要用那種哄小孩的口吻？」

關於這個問題，我也只能說自己是不由自主。

「我真的不會有事。等搭上新幹線後，我媽就會去車站接我了。」

「咦？阿姨會去接妳？可是她不是很忙嗎？」

「因為到時候她也剛好下班回家了。」

「這樣啊……」

實璃家裡只有母女兩人，她媽媽的工作很忙，連週末都要工作到很晚。

雖然她母親要去接她讓我覺得很意外，但她拖到這麼晚才回去，也確實反倒讓她們剛好可以一起回家。

「……真的沒問題嗎？」

「總比在你這個色鬼家裡住一晚要來得讓人放心吧。」

「我就說沒有其他企圖了……不過，也是呢。」

既然實璃信不過我，那我也不能勉強她住下來。

而且……這樣確實對小朱莉不太好意思。

「但是，你那種率性的溫柔……我很喜歡。」

「咦？」

「沒事。」

實璃小聲說道，而且還說得不清不楚，就這樣走向車站。

「那我要走了。求哥，改天見。」

「再、再見。」

「對了……」

她轉身看了過來，露出美麗的微笑。

「四月以後又要請你多多指教了喔，學長。」

這個令我有些懷念，但又完全感覺不到敬意的稱呼，讓我也忍不住笑了出來。

我在國中認識這女孩，又在高中與她變得疏遠。

她以前是我社團的經理，現在則是我女友的摯友。

等她上了大學，我們的關係肯定會變得比高中時代還要親密。

想到這裡，我就覺得四月以後的樂趣好像又變多了。

（要是對她本人這麼說，她應該又會說我不懷好意吧。）

因此我只能把這份喜悅藏在心中，送實璃前往車站，然後也跟著踏上歸途。

◇◇◇

三月也快要結束，四月已近在眼前。

今年的氣候比往年來得穩定，櫻花很快就要盛開了。

在這樣的春天裡，把即將迎接新生活的她當成特別的存在，應該是我太偏心了。

然後，今天總算到來了。

我一大早就開始心神不寧。

「糟糕，好像太心急了……」

我小聲這麼自言自語，還焦慮地在狹窄的屋子裡走來走去。

「現在才十點啊……就算一切順利，她應該也才剛出門，大概要中午過後才會來到這裡。」

一邊看著時鐘，一邊再次想著同樣的事情。

我也知道自己現在很緊張。

雖然知道這不是需要緊張的事情，但我一直都在等待今天的到來，所以這也是沒辦法的事。

還是再打掃房間一次吧。不對，還是重新確認一下要招待她的點心比較好。

不對，或許應該把晚點的計畫安排得更仔細一點。

我懷著這種想法停下腳步。

——叮咚。

就在這時，房間的門鈴響了。

「啊……！」

我的心臟猛然一跳。

難不成她已經到了……？

「……等等，我剛才不是還覺得她不會這麼快就到嗎？」

即使有一瞬間心生動搖，但很快就冷靜下來了。

對方八成是昴或實璃吧？

畢竟昴也說過要來幫忙，實璃也……很可能過來捉弄我們。

真是的，只聽到門鈴聲就反應這麼大，看來我還真是毫無長進。

雖然她總是突然出現在我面前，不過這次早就知道她的行程，根本沒必要這麼提心吊膽。

我有些得意地過去開門。

「早安，我是在今天搬到您家隔壁的宮前朱莉。」

「……………咦？」

打開門一看……不該出現的女孩站在我面前。

她和那天……第一次來到這裡時一樣，背對著燦爛的陽光，露出宛如天使般的可愛笑容。

差別在於她不是穿著水手服，而是便服，臉上好像還化了妝，看起來成熟許多。

……等等，現在可不是仔細觀察的時候！

「小、小朱莉，妳怎麼會在這裡……！」

「因為我今天就要搬到隔壁了。」

「這個我也知道……」

當我感到一頭霧水時，小朱莉忍不住小聲偷笑。

「呵呵，看來成功給你一個驚喜了呢。」

「驚喜？」

「我拜託爸媽幫忙寄行李，自己先一步來到這裡，還去不動產公司那邊拿到鑰匙了。」

看來我被她擺了一道。當然了，她沒有惡意。

雖然我很驚訝，但可以當面見到她，還是更為歡喜，自己也覺得很不可思議。

四月以後，小朱莉就是大學生了。

當然是要來自己的第一志願，也就是我就讀的政央學院大學上學。

她意外順利地度過了那段準備考試的日子。

因為在暑假期間陷入低潮，再加上聖誕節那天發生的事情，她後來很少因為對考試感到不安而出現心理問題，得以做好萬全準備面對考試，順利考上大學，而且還實現原本的目標，成功得到資優生的資格。

然後就在今天，她搬到這間公寓了。

因為之前的住戶碰巧在過年後搬走，我家隔壁的房間空了出來。

起初，我們曾經想過要住在一起。

因為雖然只有一個月，我們當初同居時並沒有出現問題。

可是，如果真的要同居，還得先問過不動產公司。更重要的是，我還沒向小朱莉的父母告知我們倆正在交往。

假如女兒只是在不知不覺中交到男朋友就算了，要是我們還擅自說要同居，他們肯定不會留下好印象。

更何況……

「學長家隔壁的套房剛好沒人住，簡直就是天大的奇蹟！老天爺肯定是要我趕快搬進去！這就是個奇蹟！」

小朱莉好像很樂見這樣的偶然，立刻就聯絡不動產公司，成功租下這間套房。

我覺得就某種意義來說，比起住在同一個房間，住在對方隔壁還比較特別……反正她喜歡就好。

「呵呵，學長的房間還是老樣子呢。」

當我想著這些事情時，小朱莉走進我房間，在裡面東張西望。

然後她看到廚房，露出壞心眼的微笑。

「學長，你最近該不會都是自己下廚吧？」

「咦？」

「我發現廚房整理得很乾淨，才想說你可能有在使用。」

「妳果然很厲害。其實我正在慢慢練習下廚。」

我覺得有些難為情，誠實地點了點頭。

因為那段與小朱莉同居的日子，我開始學習自己下廚，最近也習慣做好料理之後動手收拾廚房了。

「呵呵，那我也得好好加油，不能輸給學長呢。」

「我沒那麼厲害啦。」

儘管我有努力練習，還是完全比不過小朱莉，她應該也有自信不會被我輕易追上才對。

不過，因為我們同居了一個月，她知道了我後來的改變，我還是覺得很難為情。

尤其是我自己下廚這件事，還是因為跟小朱莉一起下廚才會開始……讓我覺得自己像是故意要表現給她看。

「對了，難得有這個機會，你能不能做午飯給我吃？」

「不、不行啦！我還沒那麼厲害！再說……」

畢竟我還是想吃小朱莉做的飯菜。

然而，也不能在她剛搬來的第一天就拜託她下廚。

「既然妳說機會難得，那我就請妳去外面吃飯吧。還能重新帶妳認識環境。」

「哇，真的可以嗎？」

「當然可以。」

為了今天的到來，我一直在做準備。

我有許多想帶小朱莉去參觀，跟她一起逛逛的地方。

還想和她一起做更多事情——

「學、學長……？」

聽到小朱莉驚訝的聲音，我才發現自己做了什麼。

竟然在不知不覺中抱住她了。

小朱莉成功跨越名為考試的高牆，實現承諾來到我身邊。

想不到她就待在身邊，還這樣注視著我……竟然會讓我感到這麼開心，心中充滿憐愛。

「抱、抱歉……！」

「沒關係！」

雖然覺得很遺憾，但我也感到很過意不去，準備放開小朱莉……但她伸手抱住我的身體，不讓我離開。

「我也……想要這樣。」

「小朱莉……」

「我一直想見到學長，還有好多話想說，而且多到不行！」

「我也是喔。我們今後就能在一起了，真的很開心。」

這次沒有時間限制。

不管是今天還是明天，下星期還是下個月……明年肯定也沒問題。

只要想到可以跟小朱莉在一起，還能碰觸這樣的溫暖，就讓我不知為何有種想哭的感覺。

「學長……」

小朱莉緊緊抱著我，把身體靠過來。

她肯定也是同樣的心情。我感覺得出來。

以前每次和小朱莉在一起時，我都覺得這樣的時光遲早會結束……總是感到很捨不得，但以後就不是這樣了。

我們可以共度同樣的時光，而且遠比以前還要長久。

「學長。」

小朱莉再次呼喚我。

然後我們同時鬆手。

她抬頭仰望著我，露出最美麗的微笑。

「我是你的女朋友宮前朱莉，從今年春天開始就讀政央學院大學。今後還請多多指教。」

她再次鄭重其事地自我介紹。

——謹遵哥哥吩咐，小女子來擔任抵押品了。今後還請學長多多指教！

這讓我想起她初次來到這裡，說要幫哥哥抵區區五百圓的債務時，曾經對我說過的話。

這句莫名其妙的開場白，起初只讓我覺得一頭霧水。

但如今也已變成美好的回憶……其實我也不太確定就是了。

不過，我肯定一輩子都無法忘記吧。

「小朱莉，今後也請妳多多指教了喔。」

我懷著發自內心的感謝，回給她一個微笑。

番外篇

再見了，水手服

「今天就要畢業了呢……」

我在教室裡看著窗外，忍不住小聲說道。

窗外的櫻花芽已經開始染上色彩。

當那些櫻花樹完全盛開時，我早就不在這裡了。

「今天就要畢業了呢……」

畢業典禮已結束，再來只要離開學校就算是畢業了。

大家都說遠足在回家之前都不算結束，那我在回家之前應該也還算是高中生。

至於以後……

「唉……」

我很自然地嘆了口氣。

對我來說，高中生活只是人生的中途站。不知從何時開始就有了這樣的想法。

考上大學變成我追求的目標……可是，當這一天真的到來，又覺得有些心痛。

「今天就要畢——」

「吵死了。」

「呀啊！」

我的腦袋被打了一下。

手刀毫不留情地劈下來，我縮起身體發出慘叫。

「這句話妳今天到底說了幾次？」

「……應該有八次吧？」

「雖然我沒數過，但妳絕對說過不只八次。」

小璃說得很不耐煩。

真奇怪，她明明也是今天畢業，卻好像完全不會感到寂寞。

「小璃，難道妳都不會覺得捨不得嗎！」

「不會。」

她毫不猶豫地如此說道。

「反正在這裡待三年也夠了。」

「不就是因為待了三年，才會覺得捨不得嗎……」

「朱莉，妳不是常說想要早點變成大學生嗎？」

「是這樣沒錯啦……」

我想成為大學生。即便在這一瞬間，這種想法也完全沒有減弱。

可是，到了真的要畢業時，又會感到依依不捨。

當初從國小與國中畢業的時候也是這樣。

「再說，就算我們繼續留在高中，也沒事可做了吧？」

「我不是要說那種具體的事情……啊！妳看看這個！」

我指向自己現在身上穿著的衣服。

「我們以後再也不能穿水手服了喔！」

就只有現役的高中生可以穿水手服。

一旦今天回家脫下來，這套衣服肯定會拿去送洗，然後就這樣塞進衣櫃深處。

要是我再次穿上這套衣服，也只是在玩扮裝遊戲罷了。

「……那妳怎麼不拍照留念？」

「拍就拍！」

聽到我這麼說，小璃只露出略感狐疑的表情。

我對著小璃瘋狂拍照。雖然她完全沒有要擺姿勢的意思，但每張照片都拍得超級好看。

「嗚嗚嗚……如果妳不要長得那麼可愛，我就可以多抱怨幾句了……！」

「這跟長相沒關係吧？」

小璃傻眼地說道，還大大地伸了個懶腰。

這是她準備回家的訊號。

「咦？妳要回去了嗎？」

「反正就算留下來也無事可做吧？」

「我們可以跟大家拍照……」

「剛才就拍過了。」

「那是大合照吧！」

畢業典禮與之後的各種活動都結束了，再來確實只剩下回家而已。

我猜大家現在應該都到自己充滿回憶的地方拍照留念了。

順帶一提，我跟小璃正躲在一間完全陌生的教室裡休息。

雖然大家都來找我們一起拍照，但人數實在太多……小璃剛才差點就要翻臉了。

「反正我在這三年內早就拍了許多照片，朋友也不是明天以後就不能見面，根本沒必要拘泥於今天不是嗎？」

小璃平靜地說出正論。

就連在畢業典禮當天，她也還是沒有改變。

「小璃，難道妳都不會感到後悔嗎……」

「沒那種事。」

小璃從手機移開視線，轉頭看向窗外。

不過，總覺得她不是在看窗外的景色。

「我只是知道就算後悔，時間也不會倒流。」

她小聲自言自語。

那口氣聽起來像是早就看開，而且充滿感慨。

「反過來說，就算想要快點前進，時間也不會變快。」

她突然改變態度，說出帶有不滿之意的話語。

小璃比同年齡的任何人都要成熟，但別人還是把她當成不成熟的高中生，這似乎讓她覺得有些委屈。

有別於在畢業當天感到莫名不捨的我，小璃肯定一直在等待可以脫掉這身水手服的日子吧。

就算想早點前進，時間也不會變快。

不管是瞬間的歡樂時光，還是希望永遠不要結束的幸福時光。

無論何時，一秒永遠都只是一秒。

（小璃果然很帥氣呢。）

她肯定早就明白這個道理了。

雖然小璃總是一副自由自在的樣子……不是在耍廢，就是在開玩笑，但她不會讓人覺得沒出息，而是散發一種大人的從容，肯定就是因為這樣。

「……我隨便說說罷了。」

看著小璃背對窗戶坐在椅子上，穿著今天以後就要封印的水手服，對我露出神祕微笑的樣子，我實在很後悔沒在這一瞬間把相機鏡頭對準她。

◆◆◆

後來又稍事休息後，我就去跟其他朋友會合了。

教室、體育館、操場、走廊……不管是何地何物，我都拍成了照片與影片，直到手機電量剩下個位數為止。

順帶一提，小璃自己先回去了。這個摯友還真是薄情。

「再見了，朱莉！後會有期！」

「嗯，再見！」

我目送著朋友們走出校門的背影。

雖然曾想過跟他們一起回家，但我想要稍微獨處一下，就騙他們說有東西放在教室裡忘記拿走了。

（高中生活啊……）

高中生可說是正值青春年華。不管是漫畫還是連續劇，都有許多以高中為舞台的青春戀愛故事。

我也跟別人一樣墜入愛河，最後如願與一直單戀的學長交往了。

可是，我是在學長從高中畢業之後，才找到得以接近他的機會。

那是三年級暑假發生的事情，我的高中生活幾乎快要結束了。

後來我度過了人生中最充實的一段日子……老實說，我覺得自己在高中生活的回憶，幾乎都濃縮在那一個月了。

十年或二十年後回想起高中生活時，應該只會想起那段日子吧。

（就這層意義來說，這樣或許有些可惜。）

我在一年級與二年級時，都只能一直看著學長的背影。

剛升上三年級時，我不斷責備毫無作為的自己。

雖然發生了許多快樂的事情，痛苦的回憶也很多。

如果心中沒有那些憧憬與後悔，我應該可以度過更加多采多姿的高中生活吧。

「……要是我這麼說，小璃恐怕又要覺得傻眼了吧。」

因為心中充滿後悔，才會崇拜瀟灑的小璃。

可是，就是因為我覺得後悔，才能一直喜歡學長。

是後悔給了我力量。

雖然現在心中的情感和後悔有些不同……但將來也可能在某一天給我力量。

所以……

——啪嚓！

我在學校門口幫校舍拍照。

照片裡沒有任何人，碩大的校舍裡應該只剩下幾位老師，看上去有些冷清。

這裡已經不是我的人生舞台了。

今後將在全新的地方，跟學長一起找尋幸福。

不過，我曾經在此駐足的痕跡，也絕對不會消失。

（畢業是一個終點，同時也是一個起點。）

畢業賀詞裡經常出現這句話……而且今天好像也有人這麼說過。

可是，那只是針對高中生活的話語，我的人生中還有其他故事會繼續上演，起點與終點都會突然到來……這種事情將會不斷發生。

我今後的人生還會遇到什麼事呢？

是否和現在一樣，放眼望去只有幸福？

還是會遇到什麼預期之外的困難？

我不再是個高中生，也決定要自己搬出去住了。

逐漸變成一個大人。

在此同時，也逐漸脫離別人的保護。

在今天畢業的學生之中，有些人從春天開始就要出社會工作。無論本人是否希望，我們都無法繼續當個孩子。

如果要說我沒有感到不安，那就是騙人的。

可是，我在這裡累積了許多經驗與回憶，還感受過後悔的心情。

即便脫下這身水手服，這些寶物也不會消失，仍然會繼續支持我。正是因為明白這點，才能無所畏懼繼續前進！

「感謝您過去至今的照顧！」

我走出校門，朝校舍低頭鞠躬。

然後轉身邁出腳步。

沒有回頭，不斷走向前方。

我的故事沒有結束。

今後也會繼續上演。

我會與那個人一起走下去。

後記

首先，感謝您購買這本《借給朋友500圓，他竟然拿妹妹來抵債，我到底該如何是好5》。

我是作者としぞう。

本作第一集是在二〇二一年九月三十日上市，後來將近兩年的期間都有持續出版續集，最後終於出版了第五集，也就是這部作品的最後一集。

在當上作家與出版社合作的過程中，發現寫完一部作品是感覺理所當然，但其實非常困難的事情。

撇開因為作家遇到低潮寫不出續集的情況，就算作家想繼續寫續集，也可能會遭到出版社腰斬。

在這種艱辛的大環境之中，這部《借給朋友500圓，他竟然拿妹妹來抵債，我到底該如何是好》還是有幸寫到最後一集，全都是多虧了各位讀者的支持。

真的非常感謝大家。

關於這一集的故事，時間從第四集的秋天稍微往前推進，描寫了以冬天為舞台的故事。

理由當然是因為冬天有戀愛喜劇一定要寫的聖誕節劇情，而我想要在那時讓求與朱莉的關係前進到下一個階段。

不過，其實更想描寫他們在夏天到春天之間，因為距離隔閡造成的感情問題。

雖然朱莉單戀了很長一段時間，卻在放暑假的一個月裡迅速與求變得親近，最後成功交往。

儘管凡事都有例外，但不管是友情還是愛情都一樣，只要是在短時間內建立起來的關係，也只需要很短的時間就會冷卻。而他們兩人目前的關係就是如此，在名為暑假的短暫期間變得親密，而且只體驗過戀愛中的美好。

如果一直保持這種關係，大家就會懷疑他們之間出現些許誤會時，到底能不能繼續走下去。

正是因為如此，才想寫出他們誤會彼此，最後順利解開誤會，讓讀者覺得「即使他們今後還會遇到許多問題，應該還是能過著幸福生活」的故事，也覺得這可能就是最好的結局。

想讓大家看到這段從五百圓開始的關係，最後竟然走到了這一步。不過，那個讓他們倆互相誤會的事件，也很有這部作品的風格，充滿有些搞笑的氛圍就是了（笑）。

在這部作品結束的時刻，我要再次向各位相關人士致上謝意。

首先，感謝負責繪製每一集插畫的雪子老師。以朱莉為首的每個角色，在您筆下都充滿魅力，既可愛又帥氣，真是感激不盡！

還要感謝負責繪製改編漫畫的金子こがね老師。在這一集上市的時候，改編漫畫也將劃下句點（註：本篇後記提到的時間皆為日本發售狀況），您把每一話的故事都畫得很有趣。真的非常感謝！

在執筆這部作品時，澈底體認到了圖畫的力量，因為就連那些用文字難以描寫的表情與角色魅力，也能透過圖畫讓讀者輕易感受到，因此很慶幸自己寫的是輕小說。

我本身也很期待看到這兩位老師畫出的插圖與漫畫……衷心希望兩位今後也能繼續大放異彩。

此外，還要向讓這部作品出到第五集的Fami通文庫致上最深的謝意。

這部作品的責編從頭到尾都是同一位（搞笑大師），他給了我許多點子，當我寫出有問題的橋段時也會讓我知道，給了許多幫助。

有人在旁邊監督，對我個人來說是一件很有幫助的事，因為這使我得以充分發揮自己的長處，也體認到有人幫忙檢查稿子果然很重要。

然後要再次感謝一直支持我的各位讀者。

真的非常感謝大家！

儘管我平常總是到處搜尋各個網站上的書評，為此開心與難過，心情搖擺不定，但願意買書的各位讀者，才是最大的心靈支柱。

如果這本書與這部作品可以滿足各位的期待，我會非常開心！

《借給朋友５００圓，他竟然拿妹妹來抵債，我到底該如何是好》這部作品雖然結束了，我今後也會繼續以作家的身分，獻給各位更多故事。

會帶著在這部作品中得到的經驗、成就感與後悔，努力寫出更有趣的故事，如果還有機會碰面，希望各位都能把我當成在屋簷底下睡覺的老狗，溫柔地摸幾下。

寫了很多話，這篇後記也差不多該結束了。

借給朋友500圓，他竟然拿妹妹來抵債，我到底該如何是好對我來說，《借給朋友５００圓，他竟然拿妹妹來抵債，我到底該如何是好》這部作品是無可取代的代表作。

為這部作品劃下句點讓我感到寂寞，但也很開心。

這部作品對我來說當然很重要，衷心希望各位讀者與相關人士也能永遠記得這部作品。

真的真的非常感謝你們！

恭喜
完結！
這是最後的
水手服了。

國家圖書館出版品預行編目資料

借給朋友500圓,他竟然拿妹妹來抵債,我到底該如何是好/としぞう作；廖文斌譯. -- 初版. -- 臺北市：臺灣角川股份有限公司, 2024.04
　冊；　公分. -- (Kadokawa fantastic novels)
譯自：友人に500円貸したら借金のカタに妹をよこしてきたのだけれど、俺は一体どうすればいいんだろう
ISBN 978-626-378-766-7(第5冊：平裝)

861.57　　113001899

Kadokawa
Fantastic
Novels

借給朋友500圓，他竟然拿妹妹來抵債，我到底該如何是好 5（完）

（原著名：友人に500円貸したら借金のカタに妹をよこしてきたのだけれど、
俺は一体どうすればいいんだろう 5）

2024年4月24日 初版第1刷發行
作　　者：としぞう
插　　畫：雪子
譯　　者：廖文斌
發 行 人：台灣角川股份有限公司
總　　監：呂慧君
總 編 輯：蔡佩芬
主　　編：林秀儒
編　　輯：楊芃青
設計指導：陳晞叡
美術設計：宋芳茹
印　　務：李明修（主任）、張加恩（主任）、張凱棋
發 行 所：台灣角川股份有限公司
地　　址：104台北市中山區松江路223號3樓
電　　話：（02）2515-3000
傳　　真：（02）2515-0033
網　　址：www.kadokawa.com.tw
劃撥帳戶：台灣角川股份有限公司
劃撥帳號：19487412
法律顧問：有澤法律事務所
製　　版：巨茂科技印刷有限公司
ISBN：978-626-378-766-7
